まだ体温が残る二人の服に包まれて、
眠りに落ちた記憶がぼんやりとある。
illustration by CHIHARU NARA

オメガの凹果実《ベリー》は双子《ふたご》のお気《き》に入《い》り

バーバラ片桐
BARBARA KATAGIRI

イラスト
奈良千春
CHIHARU NARA

Lovers Label

CONTENTS

〔一〕

はぁ、と熱い吐息《といき》が、前田稜久《まえだりく》の口から漏《も》れた。

先ほどから下腹部がじわじわと熱い。身体全体が火照《ほて》りすぎているせいか、少し頭痛もした。

これが、オメガの因子《いんし》が発現《はつげん》するときの第三次性徴《せいちょう》だと、この離島から一番近い対岸の病院の医師から指摘《してき》されている。

このようなことは稜久の二十八年の人生になかっただけに、混乱《こんらん》もひとしおだ。

――ずっとベータオスとして育ってきたし、性欲などろくになかったし。

第二次性徴期が来たころから、男子というものは電車の振動でも勃《た》ってしまうほど、性欲で頭がいっぱいになるらしいとは聞いていた。稜久が通っていたのはかなりの進学校だったが、それでも何かと性欲を持て余して勉強に集中できない、と学生たちの間で話題になっていたものだ。

だが、稜久だけはそれらの話をずっと他人《ひと》ごととして感じていた。毎日抜くのが当然だとは到底思えなかったし、ましてや性欲のために女性と付き合うのは面倒《めんどう》すぎる。

恋愛感情も希薄《きはく》だった。

稜久は日本有数の大企業『前田財閥《まえだざいばつ》』のオーナー一家に生まれた。

御曹司《おんぞうし》である兄はアルファの因子が発現したにもかかわらず、同じアルファオスと恋に落ち、結婚《けっこん》している。

アルファオス同士の間では子供はできないから、結婚前に兄は神妙《しんみょう》な顔で、前田家の血を継ぐ子供を作り、育てる役目を託《たく》していいか、と尋ねてきたのだ。

兄のことは大好きで、その恋も成就《じょうじゅ》させてあげたかった。だから、稜久はためらいなくその申し出を受けた。

だから、いずれ稜久は結婚し、子供を作らなければならない。ベータオスである稜久と子供が出来るのは、メスに限られる。

ただし、今まで親から見合い話が持ちかけられることがなかったのは、前田家では代々、第三次性徴が来るのが極端に遅い子供が生まれることがあるからだ。

一般的に、日本の男子は第二次性徴が来てほどなく、第三次性徴を迎えるとされている。

第二次性徴が来るまでベータオスとして育ってきた子供に、オメガオス、アルファオスの因子が現れることがある。オメガやアルファはそれぞれ人口の一割から二割ほどとされ、ほとんどのオスはベータオスのままだから、稜久も自分はベータオスとして生涯《しょうがい》を過ごすことになると思っていた。

まさか二十八にもなって、いきなり自分にオメガの因子が現れるとは思ってもいなかった。

このまま三十になるのを待って、親が選んだ良家のベータメスと結婚し、子供を作るつもりだった。それが稜久の人生設計であり、前田家の皆が望む道だ。

――だけど、俺がこのような身体の火照《ほて》りに悩まされるとは。

身体の異変は、一週間前から始まっていた。微熱《びねつ》が続き、頭痛がして、やけにだるくなった。

それに加えて、淫夢《いんむ》を頻繁《ひんぱん》に見る。これらは第三次性徴が来たときの特徴だと、ようやく思い出したので、外出許可を取って研究所《けんきゅうじょ》がある離島から一番近い病院まで、診察《しんさつ》を受けに行ったのだ。

血液を分析しての確定診断は今日あたり来るはずだが、身体の疼《うず》きは耐えがたいほど強くなっている。仕事中なのに、集中できない。

特に、その疼きを感じるのは性的な部分だ。

稜久は政府管轄《せいふかんかつ》の研究所の、前田財閥プロジェクトチームのリーダーをしていた。

一つの研究室を占有して、とある実験を行っているのだが、なかなか成果が出せずにいるために、研究員は一人減らされ、二人減らされ、今では稜久と助手の二人きり、という体制だ。

研究室は稜久が通っていた進学校の理科室ほどの広さでガランとしており、そこに隣接《りんせつ》した実験室《けんしつ》もスカスカだ。

だが、ここで稜久は、古代のロマンに関《かか》わる実験を行っていた。

さきほどから、稜久は研究室の一角にある定位置に陣取《じんど》り、正面を凝視《ぎょうし》している。傍目《はため》からは、熱心に実験対象物を観察している姿だったが、その実、白衣の下の身体の疼きばかりに意識を奪《うば》われていた。

昼食をとったばかりの、うららかな午後のことだ。

この研究所は一年中、一定の気温に保たれていたから、この十二月の最中《さなか》でも、上半身は白衣にシャツ、という軽装《けいそう》だったが寒さは感じない。

稜久は白衣の下に、アンダーシャツをつけていた。

だが、その白衣の胸元が布地に擦《こす》れるだけでも、肌が粟立《あわだ》つ。

胸元の布地のことなど、今まで一度も気になったことがなかった。

それに、ジンジンと下肢《かし》も熱い。

稜久が先ほどから体勢を変えられずにいるのは、勃起《ぼっき》しているという感覚があるからだ。今までこんな異変はなかった。だから、この状態《じょうたい》で動き回っても昂《たか》ぶりが白衣で隠れるものなのかすら、見当もつかない。動けない。

そうこうしているうちにも、白衣の胸元のポケットに無造作《むぞうさ》に突き刺《さ》したペンの感触ですら、やけに気になってきた。

わずかに姿勢を変えただけでもそのペンがぐりっと胸元をえぐる。それだけで、身震《みぶる》いするような感触が上半身を走り抜けた。さすがにその刺激に耐《た》えかねて、ペンをポケットから抜き取ったが、そのときの刺激でさえ、息を呑《の》まずにはいられなかったほどだ。

——これが、……オメガ特有の発情期《はつじょうき》ってやつ？

二十一世紀の初めに、人類は標準型であるベータオスとベータメスから新たな性を発現させた。それがアルファとオメガであり、当初はいろいろあったものの、今では共存共栄《きょうぞんきょうえい》が実現されている。

どんな性であっても、差別《さべつ》や偏見《へんけん》を受けることはない。

前田家には、リーダーシップやカリスマ性に優《すぐ》れるとされるアルファの因子が発現する子供が多かった。稜久の兄もアルファだ。

稜久もキリッとした支配的な顔立ちを持ち、幼いころから使用人にかしずかれて育ったことから、何かと他人に対する俺様な物言いや、言動が目立っていた。それゆえにいずれはアルファになる、と言われ続けてきたのだが、まさか自分がオメガになるとは思っていなかった。

オメガはアルファとは逆に、幼いころから線が細く、柔《やわ》らかな物腰で、優しいタイプが多いとされている。

——この俺が、そのオメガに……。

オメガはオスであっても、オスを発情させることができる。

だが、オメガオスを妊娠《にんしん》させることができるのは、アルファオスに限られる。オメガの因子が発現すると、妊娠できるように身体も変化していくそうだ。

稜久を悩ませていた体調の異変は、おそらく身体が変化していたからだろう。具体的には肛門《こうもん》の奥に子宮《しきゅう》に似た組織が作られ、受精《じゅせい》するとそこで子供を育《はぐく》むことができる。

——女性みたいに膣《ちつ》が新たに出来ることはないけど、子宮だけはできるんだって。……で、濡《ぬ》れるとか。あと、……何だっけ？

義務教育で必ず、三つの性について学ぶ。

だが、稜久は自分とは関係がないと思っていたので、オメガについての知識は頭を素通《すどお》りしていた。

オメガが社会人になったときに一番問題なのは、年に数回、一週間ほどの発情期があることだ。

その間はまともに仕事ができなくなることから、かつては社会的な地位を確立するのが困難《こんなん》だとされてきた。だが、今ではそのための休暇《きゅうか》は与えなければならないとされ、不当な扱《あつか》いを職場でしてはならないと定められている。

——発情期の間、有給休暇を取ることは可能だって。その間、やっぱり研究がストップしちゃうんだろ？　それは困る。

稜久は自分にとっての具体的な問題について考える。

病院の医師からは、おそらくオメガでしょう、と言われたものの、確定診断が来るまではそうではないように祈《いの》らずにはいられない。

何より自分がオメガであったならば、人生設計が大きく狂《くる》う。オメガオスの確定診断が出たら、稜久が結婚するのはベータメスではなく、アルファオスということになる。

——俺が、アルファオスと結婚するのか……。

それだけで、気分が滅入った。

今まで稜久にとって、アルファオスというのは何かと仕事で争うライバルであり、蹴落《けお》としていく対象でしかなかった。アルファオスは一般的に頭が良く、稜久に刃向《はむ》かってくるのはアルファばかりだった。すくなくとも、恋愛対象として見たことはない。

知り合いのアルファオスの顔を思い出しただけで、げんなりする。どんな顔をして、アルファオスと結婚しろというのか。

そもそも自分が、アルファオスと性行為をすると考えただけで鳥肌が立つ。

だが――。

「はぁ」

身体の熱は、他に何も考えられなくなるほど稜久の思考力を奪いつつあった。

ジンジンと、腰の奥が疼く。そこがじゅくじゅくと、蜜《みつ》をしたたらせているような体感があった。

――オメガは、……濡れるって……。

そのとき、少し離れたところにいた助手が、かすかに鼻をうごめかせた。

「さっきからずっと、甘い匂《にお》いがしますね」

ここはセーフティレベル４の研究室だ。実験対象動植物を決して外界に逃がしてはならないからこそ、常に空気は高性能のフィルターで濾過《ろか》され、入れ替えられている。

その『甘い匂い』について稜久は心あたりがあったが、無愛想《ぶあいそう》に応じた。

「気のせいだ」

氷のような無表情に、冷ややかな物言い。

つけこむ隙《すき》はないはずだったが、発情期に入ったオメガは、甘いフェロモンを発してオスを誘《さそ》うという。それは、番《つがい》を見つけていないオメガの特徴だそうだ。そのフェロモンが遺伝子《いでんし》レベルで相性《あいしょう》のいいオスを強烈《きょうれつ》に惹《ひ》きつけて、強烈な力で理性を奪い、交尾《こうび》に持ちこむ。

そのオメガの発情期特有のフェロモンは発情抑制剤《よくせいざい》を服用すれば抑《おさ》えられるようだが、劇薬《げきやく》として指定されているから、オメガの確定診断を受けたものでなければ処方《しょほう》されない。

また稜久の手にはなかったが、喉《のど》から手が出るほど欲しい薬だった。

――確定診断と同時に、それが届くはず。

数分おきに研究所のサーバーにアクセスし、自分宛に荷物が届いてないか確認しているのだが、今のところ知らせはない。

だが、診察を受けて三日。

そろそろ届いてもいい頃合いだ。

身体の火照りはますます強くなって、稜久は耐えかねて身体を丸め、火照る頬《ほお》をひんやりとした実験台の机に押しつけた。目の焦点《しょうてん》すら合わなくなってきている。

「はぁ……」

目の奥の鈍痛《どんつう》も強くなってきたから、今日は早退して自室で横になろうと考えた。このままでは、人前であらぬところをまさぐりかねない。まずは冷たいシャワーを全身に浴びせかけ、火照る身体を冷やしたい。

そう考えた稜久は、ふらりと立ち上がった。

「俺は早退するので、代わりに――」

助手に、今日やっておいてもらいたい仕事を告げる。

実験室の中には、生きた植物がある。それらの世話を欠かすことができないうえに、日々の変化も詳細に記録しなければならない。

だが、それらを説明している最中に、助手が早足で近づいてきて、いきなり稜久の肩をつかんで実験台の上に押し倒してきたから驚《おどろ》いた。

「……え……っ？」

起き上がろうとした身体を、体重をかけて押さえつけられる。稜久は焦《あせ》って、助手の顔を見上げた。

人生においてこのような狼藉《ろうぜき》にあったことがない。稜久は焦って、助手の顔を見上げた。

今まで助手は、稜久に逆らったことがなかったからだ。

だが、おとなしいはずの助手は、今まで見たことがない興奮した表情を見せている。

それに、腕を押し返せないほど、力が強い。

その拘束《こうそく》を振り払えないのは、稜久の身体から力が抜けているせいもあっただろう。それほどまでに、全身が火照ってだるい。

「なんの……つもりだ……！」

せめて声に力をこめて、助手をにらみつけた。

プロジェクトリーダーである稜久が上司だ。

だが、助手は荒々《あらあら》しい息遣いをして、稜久の白衣の胸元に手を伸ばしてきた。乱暴《らんぼう》にボタンが外され、前が開かれる。稜久が白衣の下に身につけていたのは、アンダーシャツとスラックスだ。

助手の指先が乳首をかすめただけで、ぞくっと強い刺激が身体を走った。

それでも、助手にはまだ言葉が通じると思っていた。

「離せ」

出来るだけ冷静に、威圧的に命じる。

オメガの発情期のフェロモンはオスの理性を失わせるほどに強く、それが元で性犯罪《せいはんざい》が頻発《ひんぱつ》するとよく聞いていた。だが、それがまさか我が身に降りかかるとは、思ってもいなかった。

助手は稜久の脇《わき》のあたりに顔を埋めた。匂いを嗅《か》がれているのだと知って、不快感《ふかいかん》に肌が粟立つ。

「すごく、……いい匂いがします。リーダーから」

直後に助手が稜久のアンダーシャツをめくり上げ、その下で疼いていた乳首を周囲の皮膚《ひふ》ごと摘《つ》まみあげてきた。

稜久の乳首は陥没気味《かんぼつぎみ》で、普段はそこが外に出ることはない。だが、周囲の皮膚の上から中の凝《こ》りをほぐすように力をこめられて、稜久はその初めての刺激にびくびくと跳《は》ね上がった。

――何だ、……これ……？

かつて感じたことのない甘ったるい刺激が、腰まで一直線に伝わっていく。

こんなに強い快感を覚えたことなど、一度もなかったはずだ。ごく稀《まれ》に自慰《じい》することはあっても、射精《しゃせい》の瞬間ですら、排泄《はいせつ》程度の快感しか覚えたことはなかった。なのに、助手の指がこりこりと中の粒《つぶ》を揉《も》みつぶすたびに、腰が疼くほど甘い刺激が走り抜ける。

助手の指が、陥没した乳頭《にゅうとう》を外に引っ張り出そうとするかのようにうごめいた。その中心部の凝りを圧迫されるたびに、稜久は声が出そうなのをやっとのことでこらえた。

稜久のほうに、助手とどうにかなりたいという欲望はない。

なのに、助手の指が乳首を刺激するたびに身体が甘く溶《と》けていく。ついに中に埋《う》もれていた乳頭を摘まれ、外に引っ張り出された。外界に晒《さら》された粒に無造作《むぞうさ》に触れられた瞬間、全身の感覚を支配するほどの強烈なうねりがこみあげた。

「っぁああ、あ、あ、あ……っ」

跳ね上がった胸に口づけようと、助手が顔を近づけてきたときだ。

タックルするような勢いで、大きなものが真横から助手の身体にぶつかった。助手がそのまま床にたたき落とされると同時に、陽気《ようき》な声が響《ひび》いた。

「何か、面白いことになっちゃってンね？」

「お届け物を、直接お渡しにあがったのですが」

二つよく似た声の主に、心あたりがあった。

「おまえたち！」

稜久は大きく目を見開いた。

床に転がった助手に馬乗りになっているのは、長身のたくましい男だ。

腰が引き締まり、肩幅が広い。

髪はバランスよく整えられ、稜久に向けた顔立ちは端整《たんせい》で甘かった。

もう一人は、稜久が押し倒された実験台まで近づき、にこやかに引き起こしてくれる。

二人ともそっくりだ。顔だけではなく、身体つきまで似ている。稜久と同じ二十八歳でここまで類似《るいじ》した外見を維持《いじ》しているのは、何らかの意図があるのかとまで思う。

いつかは各々に違った姿になるのかと思っていたが、今でも二人を外見だけで見分けるのは困難なはずだった。

だけど、稜久は昔から二人を難なく見分けることができた。

「なんで、おまえたちがここに？　龍之助《りゅうのすけ》に、虎之助《とらのすけ》」

ここは絶海《ぜっかい》の孤島《ことう》にある研究所だ。セーフティレベルも高く、その資格がなければ、この実験《じっけん》棟《とう》に入りこむことは不可能だ。

「稜久に会いに来たんだけど」

「あなたが急に旅行を取りやめようなんて、言うものですから」

彼らとは稜久が通っていた中学高校一貫《いっかん》の進学校から、大学まで一緒だった。一心同体のような双子《ふたご》の間に稜久が親友として入っていて、他の同級生や教師からは三人で一つの存在として見られていた。

卒業してからも縁《えん》を切ることはなく、双子の片割れがシーズンオフとなるこの十二月から、三人で旅行をするのが恒例《こうれい》だった。

今年もその予定だったのだが、稜久の体調不良に加えて、実験対象から目が離せないという事情も重なり、急遽《きゅうきょ》、旅行中止の連絡をしたのだ。

「よくここに入れたな」

「許可なら、事前に取ってますから」

龍之助が首から提げたセキュリティカードを指し示す。龍之助は学年トップの稜久と競うほど成績が良く、卒業後は政府機関の研究所に就職した。だから、龍之助が入棟の資格を持っていて

SECURITY PASS
12XXXX34891022
XXXX-XXXXX0725
Riku Maeda

も不思議《ふしぎ》ではない。

「だけど、虎之助は？」

頭脳に特化した龍之助とは対照的に、虎之助は反射神経《はんしゃしんけい》に秀《ひい》でていた。

世界的に人気の高いeスポーツの日本代表チームのメンバーであり、そのニックネームは世界的な知名度を誇《ほこ》っている。

中でも得意なのは格闘《かくとう》ゲームで、並外《なみはず》れた操作技術で敵《てき》を倒していく姿は爽快《そうかい》でもあった。トップリーグで日本を優勝に導くプレイを何度もしており、揺るぎない地位を築いている。

普段はそのリーグ戦で忙《いそが》しくしているのだが、オフシーズンには一緒に遊びに行く。

eスポーツのいいところは、プレイヤー本人が有名にならないことだ。虎之助は常にアバターを使用していたから、ニックネームは世界的に知れ渡っていても、普段は誰も彼がその本人だとはわからない。

「オレも、セーフティレベル4の資格を持ってるってことにしといた。だけど、実際にここを出入りするとなると、知識がないのは問題だろうから、勉強しておく」

虎之助は助手を引き起こしながら、その顔をのぞきこんだ。

助手は床に全身を強打したショックでまともに口も利《き》けないようだが、もつれ合って一緒に床に落ちたはずの虎之助は、まるで何の負傷もしてないようだ。

「おまえは、このままクビ」

虎之助が助手に告げると、龍之助が持っていたビジネスバッグから書類を取り出した。その書類に素早く書きこみ、助手にそれを提示しながら言う。

「まさに、懸念《けねん》した通りになりましたね。助手がオメガの発情期フェロモンに発情して、稜久を襲《おそ》うかもしれないという。――ある意味、仕方がないとも言えますが、現場を押さえてしまった以上、あなたは解任です。この書類を持って、ここの施設の管理責任者の元に向かってください。荷物をまとめて、速《すみ》やかに島から離れるように」

いきなり現れた見知らぬ男に命じられて、助手としては納得できない部分もあったのかもしれない。だが、稜久を襲ったときの性衝動《せいしょうどう》は強い衝撃を受けてひとまず落ち着いたのか、魂《たましい》が抜けたような様子で研究室を出て行く。

ドアをくぐる前に、助手は振り返って深々と頭を下げた。

「お世話になりました」

ドアが閉まるまで助手をただ見送っていた稜久は、ハッとした。

助手がいなくなったら、ここは稜久だけになってしまう。気が利かない助手ではあったが、毎日の植物の世話など、手が必要な部分もあるのだ。

「ちょ、待て」

助手を引き止める声が上がったのを無視して、虎之助が荷物の中から白い薬袋《くすりぶくろ》を取りだした。

「オメガの確定診断がついたんだって。これがその書類。薬も。急遽、稜久に届けろって」

「間に合って良かったです。あと少し遅れていたら、モブごときに、あなたが襲われるところでした」

二人は研究室の空《あ》いた椅子《いす》に座って、稜久に親しげに話しかける。学生時代の親友だから、二人がいると気持ちが落ち着く。だが、友人として付き合ってきた相手に、自分がオメガだと知られるのは、何だか恥ずかしい。

ぶすぶすと身体を燻《いぶ》す欲望を感じながらも、出来るだけ平常心を維持しようとする稜久の顔に、二人は熱心な視線を浴びせかけた。

「オレはずっと稜久がオメガだったらいいなーって、思ってたんだけど」

「奇遇《きぐう》ですね。僕も実はずっとそう考えていたんですよ」

「どうしてこの薬を、直接、おまえたちが届けることになったんだ？」

稜久はさりげなく話をそらそうとする。

何だか妙《みょう》なムードになりそうだったからだ。

――俺がオメガだったらいいって、どういうこと？

どうしても引っかかる。友人の性がオメガだろうがアルファだろうがベータだろうが、稜久はほとんど気にしていない。この双子は第二次性徴が終わってすぐに、アルファの因子が発現したはずだ。

アルファは優秀で、リーダーシップがある。それが定説だったから、二人の親友がアルファになったことを内心でうらやましく思いこそすれ、それ以上の感情はなかったはずだ。

龍之助は政府管轄の研究所の職員となり、虎之助はｅスポーツの世界的なスターだ。他人の使いとして、気安くここに派遣《はけん》できる相手ではない。

「呼び出されたんだよ。稜久の爺《じい》やに」

「そう。あのごつい、ボディガードを兼《か》ねた昔馴染《むかしなじ》みの爺やにですね。昔から僕たちを、やたらと牽制してきていたあの爺やに」

「爺やが何と言って、おまえたちを？」

稜久は爺やの姿を思い描く。

小学生までは学校の送り迎《むか》えに、誘拐防止《ゆうかいぼうし》のために車とボディガードがついた。爺やは忠義一筋《ちゅうぎひとすじ》で、ごついけど優しい人だった。

――何度も、あの双子には気をつけろと言われたけど。

仲良しの二人のどこにどう気をつけろと言っているのか、稜久にはピンとこないままだった。

「稜久はいつもは、前田系列の病院で、定期検診を受けてるそうじゃん。だけど、今回はこの島から一番近い病院で、診察を受けたんだって？」

「それでもあなたの受診記録は、全て前田の本家まで送信されるそうですよ。絶海の孤島にあるセーフティレベル4の研究所で、大切なおぼっちゃまがオメガになられたと知った爺やは、青ざめて僕らを呼び出しました」

「オレたち、稜久との旅行のために日程を空けてあったから、すぐさまその呼び出しに応じることができてさ。都心の一等地にある、前田本館。重要文化財でもあり、前田財閥の本拠地《ほんきょち》として建設された、明治からの巨大建造物」

杉並木《すぎなみき》で囲まれた前田本館を、稜久は思い浮かべた。住むにはやや不便なところもあったが、稜久はそこで生まれ育った。

「爺やは人里離れた絶海の孤島で、オメガの因子が発現したというあなたを、狼《おおかみ》の群《む》れの中に投げこまれた羊《ひつじ》のように感じたそうですよ。間違いがないように、すぐさま自身で乗りこみたくてたまらなかったようですが、爺やは腰を悪くしている上に、ここに入るための資格を持っていません」

「大急ぎで前田の関係者のファイルをめくって、その資格がある人間をサーチしたんだって。それに引っかかったのが、龍之助」

二人は交互に口を動かす。二人で一つの話をするのは昔からだったので、慣れていた。

龍之助は自分の出番が来たとばかりに、胸に手を当てた。

「そう！　僕です！　わりと珍しくて難しい資格だから、必要がないのに取っている人は少ないんですよね。僕は前田の関係者ではないんですけど。爺やのファイルには入ってたみたいで」

「なるほど。そこまでは理解できた」

稜久はうなずく。

爺やは昔から、何かと心配性だった。

オメガの因子が発現した途端《とたん》に、そのオスが性的な危機にさらされるようになるというのはよく聞く話だ。

特にオメガが発情期に垂れ流すフェロモンが、オスをたまらなく欲情させるらしい。

爺やは稜久がオメガになったと聞いた途端に、心配で眠れなくなったのだろう。先ほど助手に襲われそうになったのだから、その懸念も間違いではない。

「どうせ坊ちゃまと旅行する予定で日程を空けてあるんだろうから、しばらくオレらに稜久のボディガード役を頼みたいって」

「ボディガードぉ？」

稜久は眉《まゆ》を寄せた。

自分にそんなものは必要ない。爺やも心配性が過ぎる。

小学校を卒業したとき、爺やにこれからは送り迎えは自粛《じしゅく》するので、一人で中学に通ってくださいと言われて、ひどく誇らしく思ったことを覚えている。いくら誘拐の危険があるとはいえ、送り迎えされるのは子供みたいで恥ずかしかったからだ。

だが、助手に襲われたことを思うと、爺やの心配は当たっていたと思わざるを得ない。

稜久は頬杖《ほおづえ》をついたまま、探るような視線を親友の二人に向けた。

「おまえたちは、その爺やの言いつけに従って、ボディガードのために来たってことなのか？」

この二人が、おとなしく爺やに従うとは思えない。小学校のときには爺やの目をどうごまかすかを相談しあい、しょっちゅう遊びに出かけたものだ。

二十八にもなればそんないたずら心は落ち着いただろうが、逆に立派な社会人となった二人が、爺やの頼みに応じる理由もない。

前田財閥としてそれなりの謝礼はするだろうが、そんな金など気にならないぐらい、この二人は稼《かせ》いでいるだろうし、自分の時間のほうを優先するはずだ。

だから、彼らの原動力が気になった。

二人は、にこやかに話していく。

「オメガの発情期のフェロモンによって、周囲のオスが見境なしに発情するのも心配なのですが、爺やには具体的にマークしている人物がいたそうです。あなたがオメガとなったのならば、その男に孕《はら》ませられることも考えられますからね」

龍之助の言葉に、稜久はぞくっと背筋《せすじ》に冷たいものが走るのを感じた。

知識としては知っていたが、妊娠できるということをまだ自分のこととして受け止められていない。

「前田の財産って、すごいらしいじゃん。稜久との間に作った子供が、前田の財産を受け継ぐことになる。稜久がベータオスだったら、子供はメスとしか作れないけど、稜久がオメガオスになったから、アルファオスにもチャンスが生まれる」

「子供の親であるアルファオスにも、大いなる恩恵《おんけい》が与えられる」

「その漁夫《ぎょふ》の利《り》を狙《ねら》っていそうな男の名前が、爺やのファイルには具体的に書かれているみたいだよ」

「それって、誰だ?」

稜久は少し乗り出した。

この研究所内には、優秀な科学者が大勢在籍《ざいせき》している。

研究所の施設自体は政府の管轄だが、そこにそれぞれの企業が、独自のプロジェクトチームを立ち上げ、企業の予算で運営している形だ。

仕事上の関わりはないものの、衣食住は同じ場所だし、この孤島にはさして娯楽《ごらく》もないから、何かと親睦《しんぼく》を深める機会はあった。

「澄川《すみかわ》財閥。そこの御曹司の、澄川聖岳《すみかわせいがく》」

言われた途端に、そのにやけ面《づら》が脳裏に浮かんだ。

「あいつか……！」

「斜陽の澄川財閥は前田財閥と事業内容がえらく重なっているから、昔から何かと合併《がっぺい》話をもちかけてきてるんだって？　そのたびに、前田側から断られているそうだけど。だけど、稜久との間に子供が生まれれば」

「合法的に、前田を乗っ取ることができますね。たとえあなたと結婚できなかったとしても、婚《こん》外子《がいし》は今は嫡出子《ちゃくしゅつし》と同じ法律的な資格を持ちます。自分が父親だと、ＤＮＡ上で主張することさえできれば」

「つまり、稜久を孕ませて子供を産ませることができちゃったら、その子供を使って前田財閥を合法的に乗っ取れるってこと」

「そんなうまくいくか？」

稜久は疑問を呈《てい》してみせたが、心配性の爺やがそこまで考えるのは納得できるような気もした。

「なるほど。それでおまえたちを」

稜久は二人をしみじみと眺める。

今年は彼らと旅行が出来ないとがっかりしていたのだが、その二人がこうして訪ねてきてくれたのならば、お楽しみはこの島にもある。

「聖岳がろくでなしだから、爺やはとっても心配してるんだよ」

「僕たちに頭を下げて頼むほどですよ、あの爺やが！　びっくりして、愉快《ゆかい》になりました。爺やが調べ上げたところによれば、聖岳は昔から、あなたに何かと言い寄っていたそうですね。四年前の管楽《かんがく》の夕べ『室内楽で紡《つむ》ぐシェヘラザード』の会場でも、しつこく絡《から》んできたとか」

「稜久がベータでも口説《くど》いてきた聖岳だぜ？　稜久がオメガになったって知ったら、どんな行動にでるかわからないって」

「なるほど。爺やの懸念は理解した」

稜久は深々と息を吐き出す。

自分には恋愛感情も、強い性的欲望も備わっていない。だから、三十になって前田財閥が選んだ女性と結婚はするが、それまでは誰とも付き合うつもりはないと公言してきた。

今でも、その考えは変わっていない――はずなのだ。

だが、双子と話をしていても、発情期の熱が身体を内側からじわじわと燻《いぶ》してくる。

稜久はそれに気づかないふりをしているし、双子も涼《すず》しい顔をしているのだが、オメガの発情期のフェロモンは彼らには作用してないのだろうか。

――していないで欲しい。

稜久は頬まで火照ってしまったのを感じながら、てのひらで頬を冷やそうとする。

どの相手に作用するのかは、個人差があると聞いていた。

双子とは何でも話したし、何事も分かち合えるような存在だった。負担をかけたくないし、借りも作りたくない。

そんな思いがあったからこそ、醜態《しゅうたい》は見せられないと、稜久はぐっと身体に力をこめた。いつものようにクールに見せかけたい。

そんな稜久の前で、双子たちの話は進んでいく。

「この聖岳ってヤツは、ヤバいらしいんだよね」

「典型的な俺様御曹司で、何度かオメガやベータオスに乱暴したこともあるみたいですね。表沙汰《おもてざた》になっていないのは、その都度、示談《じだん》にしたから」

「そんなヤツが同じ研究所にいて、稜久がオメガのフェロモンをまき散らしているとなれば、オレらも落ち着いていられないわけよ」

「なので、僕たちが助手として勤務することになりました。期間は、虎之助がオフシーズンの二ヶ月間です。オメガの因子が発現した当初が、一番危険だと聞きますからね。フェロモンの放出が安定しない上に、不規則にそれを垂れ流すことによって、無自覚に周囲の人間を刺激しまくるそうです」

「発現期の半年間に、オメガは一番性的犯罪《はんざい》の被害者《ひがいしゃ》になる可能性が高いって、爺やも言うから」

その言葉に、ゾッとした。

先ほども双子たちが駆けつけてくれなかったら、助手とどうなってしまっていたかわからない。

今でも自分がフェロモンをまき散らしているのか、そうではないのか、稜久としてはわからずにいるのだ。

ともあれ事情が理解できて、稜久は深々とうなずいた。

「わかった。爺やの配慮《はいりょ》はありがたい。だったら、おまえたちは最大二ヶ月、ここにいるんだな。助手として、仕事も手伝ってくれるのか？」

「もちろんっ」

「何でも、言いつけてください」

新たに助手となった二人の姿を、稜久はまじまじと見つめた。

長身の身体つきを引き立たせる上質のスーツに、流行の同じ髪型。eスポーツであっても、今は全身にセンサーをつけて操るから、その競技者である虎之助のほうが鍛《きた》えられているだろうが、龍之助も見劣《みおと》りしていない。

口さえ利《き》かなければ双子を見分けることは不可能だと、同級生たちには言われていた。だけど、稜久は不思議とこの二人を見分けることができた。どうしてそれが可能なのかと双子からも同級生からも尋ねられたが、具体的に説明できない。

――だけど、なんとなく表情が違うし。動きも。

今日もわざわざ揃《そろ》いのスーツを身につけ、旅行用のスーツケースまで一緒だ。二人が胸に表示した身分証《みぶんしょう》には、それぞれの名前が記されている。爺やが急遽《きゅうきょ》、手配したものだろう。

「楽しみだな。ここでは釣《つ》りもできるんだ。ダイビングも楽しいんだけど、冬の間は潮流《ちょうりゅう》が速いから、あまり海に潜《もぐ》るのは危険で」

話している最中に、気づいて尋ねた。

「龍之助も、二ヶ月休んで大丈夫なのか？　仕事は？」

龍之助は政府管轄の研究所に所属している。研究者の登竜門《とうりゅうもん》となる難しい募集に合格し、そこで独自の研究をしていたはずだ。内容は極秘《ごくひ》ということで教えてくれなかったが、生殖医療《せいしょくいりょう》に関わる研究らしい。

オフシーズンの虎之助はともかく、龍之助が連続して休める期間は、今まではせいぜい一週間だったはずだ。

龍之助は答える前に、何だかやけに遠い目をした。

「まぁ、ちょっと研究の意味が見えなくなったので、休暇を取りました。今までの有給を全部ぶちこみましたので、二ヶ月間は余裕です」

「そんなに貯《た》めこんでいたのか？　まぁ、ここでいい気分転換が出来ればいいけど」

この双子と一緒に過ごした学生生活は、やたらと楽しかった。三人揃えば無敵《むてき》だった。知的好奇心《ちてきこうきしん》の赴《おもむ》くまま、いろんな挑戦《ちょうせん》をして遊んだ。

そんなメンバーでしばらく過ごせるのかと思うと、やたらとワクワクしてくる。

「だったら、――おまえたちに、俺の研究内容について詳しく説明しよう。龍之助には、機密保守《きみつほしゅ》の契約をしてもらうことになるけど」

「その前に、まずは薬を飲んでください。オメガ因子が発現したとなれば、この小冊子も熟読《じゅくどく》したほうが良さそうです」

龍之助が薬袋を稜久のほうに押し出す。一錠《いちじょう》取り出している間に、虎之助が水を準備してくれた。このあたりの連携《れんけい》はスムーズだ。

稜久は言われるがままに、薬を飲んだ。

双子と一年ぶりに会って興奮《こうふん》していたが、ずっと身体が火照ったままだし、鈍《にぶ》い頭痛も相変わらずだ。薬が早く効《き》いて欲しい。

「どれくらいで、……効くんだっけ？」

ぼうっとしたまま尋ねた。

ずいぶんとだるい。

薬は身体に吸収《きゅうしゅう》されて、その効果を発揮《はっき》するまでに、それなりの時間がかかる。それが待ちきれない。

「あまり効かないようですよ」

「え？」

今飲んだのは、オメガの発情期抑制剤《よくせいざい》のはずだ。それさえ飲んでおけば、フェロモンの放出や、発情を抑制することができるはずではないのか。

ぼうっとして目を閉じると、龍之助の声が響《ひび》いた。

「一緒に渡した小冊子を、熟読してください。そこに書かれています。抑制剤は発情期が来てしまってから飲んでも、意味がないのです」

「発情期がこないようにする薬で、抑《おさ》える薬じゃないってオレでも知ってるぜ。つまりは、女性におけるピルみたいなもん？」

「え……」

思いがけない情報に、稜久は声を詰《つ》まらせた。

「だとしたら、……発情期をどう過ごせば……」

「発現してすぐは、発情期の周期は安定しないそうです。身体が作り替えられていく最中ですから」

「だったら、どうやって……」

「方法はいろいろあるんだって。冷たいシャワーを浴びたり、一人で思う存分、してみたり。それ専用のおもちゃもあるみたいだし。だけど、稜久はそういう経験も、ほとんどねーんだよな？」

「ないよ」

二人の前では冷静さを保とうとしていたのに、絶望的《ぜつぼうてき》な情報をもたらされて、稜久は頭を抱えた。

――どうしようも、……ないってこと？

張りつめていた気持ちがプツンと切れて、全身が渦巻《うずま》く熱の中に落ちていくような感覚に陥る。ぐるぐると目眩《めまい》までしてきて、稜久はぎゅっと目を閉じた。何だか一気にだるくなって、手足を動かすこともままならない。

そんな異変を、二人は感じ取ったらしい。

「稜久？」

「どうしました？」

その声も、だんだんと遠ざかって——。


気がついたときには、稜久は島の研究所に付属した宿泊施設の中にいた。

各企業ごとに棟が分けられており、前田財閥の棟は研究所から一番遠いところにある。その分、歩く距離が増えるのだが、宿舎の窓から見える海が絶景《ぜっけい》で、稜久は気に入っていた。

その宿泊施設のことや使いかたなど、まずは稜久本人が双子に一通り説明しなければならないはずだ。だが、頭が良く、社交性のある双子は、稜久が意識を失っていても問題なかったらしい。

稜久が寝かされていたのは、自室のベッドの上だった。

ひんやりとしたものが頬に当てられたのに気づいて目を開くと、二人の姿が見えた。ここまで車椅子を使って運んだのか、それを戻しに出て行こうとするその後ろ姿を見て、稜久はとっさに起き上がりながら話しかけた。

「待て」

身体はますます火照り、ガンガンと頭痛までしてくる。顔に寄せられた枕《まくら》タイプの冷却剤《れいきゃくざい》が、冷たくて気持ちがいい。

「案内、しようと、……思ったのに。……よくここまで、たどり着いたな」

車椅子を押していたのは虎之助で、車椅子ごとくるりと振り返って言った。

「オレ、初めての場所を攻略《こうりゃく》するのは得意だから。見取り図さえあれば、問題ない。ゾンビが襲ってくるわけじゃねーし」

「空いている部屋を、僕と虎之助でそれぞれ使ってよろしいでしょうか」

その横にいた龍之助に言われた。

「ああ。好きな部屋を選んでくれ……ぁっ」

身じろいだ拍子《ひょうし》に、かけ布団《ぶとん》が胸元の敏感《びんかん》なところをかすめて、稜久は息を詰まらせた。

火照《ほて》りは治まっていないどころか、胸元がむず痒《がゆ》く、両足の間をがむしゃらに擦り合わせたくなるほどだ。勃起しているだけではなく、足の間がやけにぬるぬると感じられるのはどうしてなのだろうか。

すがるように、口にしていた。

「くすり、……明日になれば効く……？」

発情を抑える薬ではなく、発情期が来るのを抑える薬だと言っていた。だとしても、この身体の火照りをどうにかしたい。他に薬はないのだろうか。

稜久のすがるような眼差《まなざ》しを受け止めて、龍之助はぎこちなく視線をそらせた。

「残念ながら、数日は続くでしょう。その間の実験室の植物の世話については、あなたの指示がなくとも、実験記録を見せていただければ――」

仕事の引き継ぎについて話す龍之助の声が、だんだんと遠くなる。稜久は体内で渦巻《うずま》く欲望に意識を奪われ、自然と下肢《かし》に伸びようとする手を止めるだけで必死だった。

二人の前で醜態をさらしてはならない。それに、踏み越えてはならない一線がある。

――セックスしたら、……番《つがい》になる……。

オメガオスとアルファオスはフェロモンで惹《ひ》かれあい、番となって子供を作る。番になるためには単にセックスをするだけではなく、互いの精液の中に混じる特殊な成分を飲み合う必要があるそうだ。そうすれば互いの受容体が反応し、番以外は生理的に受け付けられない身体となる。

――双子たちとは、番になりたくない……。

何せずっと親友として、楽しく遊んできた相手だ。友達と恋人との間には大きな壁《かべ》がある。それにどちらかを選ぶようなことをしてしまったら、もう一人と疎遠《そえん》になってしまう。そんなことはしたくない。

「……っ」

それでも、身体の熱はヒートアップするばかりだ。

そんな稜久を気《き》の毒《どく》に思ったのか、二人は稜久の部屋から出て行くのを止めて、ベッドの左右に寄り添った。

ここは、研究所の宿舎だ。

それぞれ個室になっており、十畳のキッチンつきの部屋と八畳の洋室がある。稜久は奥の洋室にベッドを置いて寝室にしており、手前のキッチンにパソコン机を置いて、そこでも仕事ができるようにしていた。

　ゆったり過ごしたかったから、ベッドは昔からセミダブルだ。壁にはつけることなく部屋の中央に置いてあるのは、ベッドに寝転んだまま、壁にプロジェクターを投影して映画などを楽しむのにちょうど良い角度だからだ。

　そっと頬を撫《な》でてくる指の心地よい感触に、稜久はぼうっとしながら目を閉じた。

「すごく、うずうずするんだ。これを抑える方法は、……ないのか」

「一応、ここに来るまでに調べてはきましたが」

「発情期を抑えようとする涙《なみだ》ぐましい挑戦《ちょうせん》の記録が、ネットにはあったぜ。水垢離《みずごり》をしたり、座禅《ざぜん》をしたり」

「だけど、水で刺激を与えるのは逆効果という場合もあるようです。発情には個人差がありますが、一人でやり過ごすのは難しい、というのがだいたい共通した結論で」

「一人では、……難しい……？」

　だったら、どうすればいいのだろうか。

　白衣の下で、乳首がジンジンと疼く。助手に引っ張り出されて、尖《とが》ったままになっているのだろうか。そこを指でぐりぐりと刺激したくてたまらない。それに、性器もかつてないほどに硬い。それ以上に、足の奥が甘く疼いてたまらない。

　――足の奥、……ぬるぬるだ。

　冷たいシャワーが逆効果だというのなら、どうすればいいのだろうか。

「早々に誰かと番になる、っていうのが、一番てっとり早い方法のようですね」

「オメガになると、めちゃくちゃセックスが悦《よ》くなるって聞くぜ？　それまでは恋人を作らなかったタイプでも、すぐに番を見つけて結婚までこぎ着けるって」

「オメガの婚姻率《こんいんりつ》はとても高いですからね。九十パーセントを軽く超えてる」

「相性の合う相手と、フェロモンレベルで出会える」

「フェロモンが合う相手とは、性格の相性もいいって聞きますよ」

途中から何を言われているのか、わからなくなってきた。

だが、二人と番になるのだけはダメだ。それだけは、しっかりとわかる。

熱い息を吐き出しながら、稜久は言った。

「……おまえたちとは、……番に……ならない……」

生理的な涙が、じわりと目尻《めじり》に滲《にじ》んだ。

そんな稜久の頬に触れていたどちらかの手が、一瞬だけびくっと震えた。

「どうしてですか？」

理由を聞かれても、キチンと説明できるだけの余裕が、今の稜久にはなかった。何せ甘い疼きが、波のように身体の奥からこみ上げる。

歯を食いしばり、ぞくぞくと身体を震わす疼きに耐《た》えなければならない。疼く身体を慰《なぐさ》めずにいるのは、強い意志が必要だった。

ずっと稜久はその鋼《はがね》の意志で、進学校トップの成績や、研究に没頭《ぼっとう》するための環境《かんきょう》を整えてきたはずだ。だが、さすがにこの手の誘惑《ゆうわく》には耐えるすべを知らない。じわじわと、涙ばかりがあふれて目尻を伝う。

それでも、二人が返事を待っているのがわかったから、途切《とぎ》れ途切《とぎ》れに訴《うった》えた。

「どう、……しても、……おまえたちとは、……ダメなんだ」

これは拒絶《きょぜつ》ではない。

二人を友人として、大切に思っているからこそだ。

このまま火照る身体を抱えて、耐え抜くしかない。眠れるだろうか。覚悟とともにぎゅっと目を閉じたが、そのとき、稜久の肩を虎之助がつかんだ。

「だったら、番じゃなくてもいいから」

かすれた低い声は、いつもの虎之助とは違っていた。いつでもちゃらちゃらと楽しげな彼が、本気になっているのを感じ取る。

その顔を見上げようとしたとき、反対側の肩に龍之助が手を伸ばした。

「そうですね。番にならなくてもいいですから、せめてこのような急場をしのぐ、お手伝いをさせてください」

龍之助の声もいつもより低い。何か苦しさを抑えこんでいるように聞こえた。

「手伝いって……」

「最初の発情期は、だいたい三日間。それをやり過ごすお手伝いです。オメガの最初の発情期についての詳細は、移動の最中にしっかりと学習してきました」

「さっき渡した小冊子に、いろいろと書いてあったぜ。三日間の発情期の後で、オメガはこんこんと眠るんだって。そうやって眠るときの準備も、稜久は何もしてねーだろ。だったら、最初の発情期の世話はオレたちがしてやるよ」

虎之助の声は、元の陽気な調子に戻っていた。

初めてのことだったから、ここで二人の助けが借りられるのは素直にありがたかった。何せ、この二人は優秀で、稜久でもかなわないと思わせるところがある。

彼らの力を借りたら、この初めての異変も思いがけないほど簡単にやり過ごせるかもしれない。気が楽になっていく。

「そう――だな。……だったら、二人に……」

「でしたら、まずは服を脱《ぬ》ぎましょうか。汗びっしょりです」

龍之助の手が、白衣のボタンに伸びていく。

だが、服を脱がされたら、自分の熱くなった性器や、その奥の濡れた部分まで露《あら》わにされてしまう。

「着替えるのは、……自分でする」

だが、龍之助の手の動きは止まらない。

「大丈夫です。これは、発情期の症状《しょうじょう》が出ているだけですから」

「そーそー。生理的な反応だって、オレらもわかってるから」

白衣を脱がされて、下に着ていたアンダーシャツも、万歳《ばんざい》する格好《かっこう》で脱がされた。そこがやたらと疼いていたから、稜久はチラッと自分の胸元を見た。

稜久の乳首は普段は陥没していて、乳頭が皮膚の中に隠れている。今日はここまで疼いているし、助手に引っ張り出されていたから、外に出たままかもしれないと思ったが、そんなことはなかった。

かつて前田財閥の病院で、この乳首についても診察を受けた。特に問題はないと言われて、治療は受けないままだ。

稜久が見たせいもあるのか、二人の視線も稜久の乳首に集まる。

「稜久の乳首」

「相変わらず、中に埋もれてるよな。かっわいい。久しぶりに見た」

「へそのごまを掃除するように、このくぼみもたまに掃除したほうがいいそうですが、ちゃんとしてます?」

聞かれて、稜久は首を振った。

「でしたら、ここのお掃除から始めましょうか」

「綿棒《めんぼう》にオイルを塗《ぬ》って、優しくなぞる?」

意気投合した二人は、いそいそと準備を始めた。稜久の寝室には耳掃除をするときのために綿棒が常備されていて。それをめざとく見つけたようだ。肌の手入れをするオイルも、その横に置いてある。

稜久の乳首はいつでも皮膚の中に隠れていて、外界にさらされることがないだけに、とても過《か》敏《びん》だ。稀に外に出てくることがあるが、そんなときには出来るだけ触れずにやり過ごすことにしていた。

そんな敏感な乳頭が隠れているところを、綿棒でくすぐられると思っただけでゾッとする。

「そんなのは、……いいから」

今はそれどころではないはずだ。

「けど、手入れは必要だぜ。爺やも稜久が元気で過ごしているかどうか、すごく気にしてた」

「……それと、手入れは……関係……な……」

「身体を隅々《すみずみ》まで健《すこ》やかに保っておく必要があります。あなたは昔から、何かに夢中になると、寝食を忘れる傾向にありますから」

「だけど……っ」

抵抗しようとした稜久の手首は、二人によって簡単にベッドに縫《ぬ》い止められた。

稜久の百七十センチそこそこの体格は日本人として平均的だが、長身のでかい男二人に押さえこまれたら、はねのけることは難しい。しかも今は、発情期で身体が火照りまくっている最中だ。

稜久の胸には、左右にささやかなくぼみがあった。そのくぼみに乳頭が隠れているのだが、そこにそれぞれオイルで湿《しめ》らされた綿棒を押しこまれ、その刺激に飛び上がった。

「…んっ！」

思いがけず、濡れた声が漏れる。

だが、綿棒の動きは止まらず、くぷくぷと抜き差しされたり、先端部分を回転させたりもする。

その綿棒の先に乳頭が触れるたびに、胸から広がる異様な感覚に、稜久は身体をよじらずにはいられない。

「やだ、……そこ……っ」

「あと少しですよ。あなたがここのお掃除をサボるから」

「二年ぶりの対面だぜ。前にここのピンクを見たのは、稜久がサウナの後に水風呂に飛びこんだときだよな」

「去年は何をしても、出てきませんでしたからね」

なんで二人は、自分の胸の状況《じょうきょう》に詳しいのかと、あえぎながらも呆然《ぼうぜん》とする。いつ外に出てきたかなんて、稜久本人でさえも覚えていない。

綿棒で乳首をくすぐられ続けることで、本格的な性感を呼び覚まされつつあった。

――こんなの、……しゃれに、……ならない……っ。

この二人とは、以前からじゃれ合うことはあった。だが、ここまで稜久の身体が発情している状態で、乳首の手入れなどされたことがない。

オイルに濡れた綿棒の先端が抜き差しされるたびに、甘い刺激が広がる。くぼみの中をつつき回されることで乳頭が体積を増し、やがてはその外に姿を現すはずだ。

「っう、……っあ、あ、あ……っ」

冗談ですむうちに離してもらいたい。だが、稜久をベッドに縫いつける二人の力は緩《ゆる》むことはなかった。

右には龍之助が、左には虎之助が陣取っている。

「出てきたね」

「可愛らしいローズピンク」

「オレのが先に、稜久の乳首を外に引っ張り出せたと思うけど？」

「そうですか？　僕のほうが先ですよ」

左右から二人の声がする。

チラッと見ると、稜久の乳首はついにくぼみから桜色《さくらいろ》の乳頭をのぞかせていた。普段、外に出ることがないために、そこは生々《なまなま》しい桜色をしている。

「稜久のここを見るたびに、羽化《うか》したての昆虫《こんちゅう》の羽根《はね》みてーだと思うんだよ。触れてはならない神々《こうごう》しさがあるというか」

「芽吹《めぶ》いたばかりの双葉みたいな、愛らしい瑞々《みずみず》しさがありますよね」

触れてはならない、と言っているくせに、好奇心を抑えられなくなったように二人の指が伸びてくる。

外に出たばかりの粒を、親指の腹でなぞられた。

その指を上下に軽く動かされただけで、かつてないほど腰に悦楽《えつらく》が走った。

「つう、……そこ……っ、……触っ……んな……っ」

「発情期ならば、何をされて感じても仕方がありませんから、僕たちに任せてください」

「そーそー。発情期は抑えこむより、発散したほうが楽と聞くし」

「大丈夫です。今のあなたはいつものあなたじゃありませんから。すぐに僕たちも忘れます。あなたも忘れていい。病人が介護《かいご》を受けるようなものですよ」

「オレたちは稜久を楽にさせるだけ。一人で苦しむ必要はねーから」

言い聞かせるような二人の言葉が、稜久からためらいを少しずつ取り除《のぞ》いていく。

彼らはいつでも、稜久の味方だった。一人の悪行がバレたときには、三人で揃って叱《しか》られた。抜け駆けしようとするものはいなかったし、彼らと友達でいることが稜久の誇りだった。互いに相手に認められたくて、切磋琢磨《せっさたくま》した。

——だったら、任せてもいい……のかな？

稜久は自問自答した。

彼らはアルファなのに、自分だけオメガというのが少し悔《くや》しい。だが、種族によって劣等感《れっとうかん》を持つ必要はないので、これを受け入れるしかないとも思う。

それでも、発情期は困る。身体の熱を鎮《しず》める手段がないのが。

そんな稜久の乳首を、二人の指がくりくりといじる。

その指先に転がされるたびに、身体の芯《しん》まで耐えがたい快感が流れこんでいく。

「ッン、……ッン……っ」

あえぎながら、稜久は涙目で彼らを見上げた。

「ほんとう、に、たすけて、……くれる……？」

これまであまり体調を崩すことはなかっただけに、他人に甘えるのは苦手だった。ぎこちなく尋ねると、目が合った虎之助は、ごくりと唾《つば》を呑んだ。

「た、助ける」

「ええ。もちろん、邪心《じゃしん》なく……！　あくまでも友人として！」

その言葉が胸に染みた。困ったときに、助け合うのが友人だ。だったら、すがってもいい。自分でも受け入れがたいこの荒《あら》ぶる肉欲を、どうにかしてくれるならば。

「……わかった」

稜久は身体からぎこちなく力を抜いた。

彼らの指があるところに、信じられないほどの甘い感覚がある。外に飛び出した乳頭は何かと指に引っかかり、そのたびに甘い刺激を生じさせた。

「可愛いですね。あなたのここ」

そんな声と同時に、小さな粒をつまみ上げられた。

「んっ！」

気持ちいいというよりも少し痛みを感じて、稜久は眉を寄せた。そこは、自分でもどうかと思うくらい敏感なのだ。だが、そこまで敏感だと知られるのは恥ずかしいから、どうにか耐え抜こうとしてしまう。

そのうち、龍之助に乳首をつまみ上げられるたびに、痛みに変わる寸前《すんぜん》の強い刺激が心地よく感じられるようになる。

虎之助は反対側の乳首に、柔らかくこね回すような刺激を与えてきた。

「ツン、……あ……っ」

それぞれ左右の乳首から広がる違った刺激に、稜久の口から切れ切れの声が漏れた。

遠く聞こえるその声が、最初は自分の声とは思っていなかった。だが、ハッと気づいて唇を噛《か》む。しかし、その唇がほどけるほどの快感が、二人が触れている左右の乳首から湧《わ》き上がった。

だが、昔から知っている二人に乳首をいじられて気持ち良くなるなんて――。

「乳首ばっか、……いじる……な……っ」

咎《とが》めるように声を上げたが、二人の指は胸元から離れようとしない。

「発情期のときは、ゆるゆるとした刺激がいいらしーよ」

「稜久は何もかも初めてですからね。ちゃんとした番がいるんでしたら激しく求め合うこともあるんでしょうが、まだそんな相手がいないのでしたら」

オメガオスの場合は、肛門の奥に特別な器官が作られて、そこで妊娠が可能になると聞いたことがある。

だけど、そんなところに入れられると考えただけで、ぶるっと身体が震えた。

「つがい、……なんて、……いらな……」

「オメガが発情期で落ち着かないときには軽く遊んでやって、気をそらすといーんだって。だけど、遊んでもすぐにまた発情しちゃったときは、腰のあたりをトントンと叩《たた》く」

「指を軽くたてて、毛並《けな》みを掻《か》いたり、ブラッシングもいいと、聞いたことがありますね」

二人の話をぼんやりと聞いていた稜久だったが、途中でふと気づいて突っ込んだ。

「発情期の……猫《ねこ》じゃ、……ないんだぞ……」

だけど二人で乳首をいじってくるのは、発情した身体をごまかすためなのだと理解した。猫ではないと言いたいのだが、こうして指で小さな粒を撫でられているだけで、やたらと気持ちがいい。指が動くたびに、何も考えられなくなる。

二人の指の動きはバラバラだ。どこか似てはいるが違う指先でいじくられ、リズムも強さも違っていた。

その同調しない動きが逆に刺激となり、なかなか慣れることができない。そのうち、指の刺激ばかりを、全神経《ぜんしんけい》で追いかけるようになっていた。

「そんなに気持ちいい?」

「稜久のこんな顔、初めてみましたね」

ずっと柔らかく動いていた龍之助の指が、思いがけず強めに乳首をつまみ上げたので、びくんと身体が大きく揺れた。

「ツン!」

反対側の虎之助の指が、お詫《わ》びのように柔らかな刺激を送りこんでくる。その繊細《せんさい》な指の動きは気持ちが良かったものの、すでに気持ちがいいだけとは違った熱に包まれていることを、稜久は自覚せずにはいられない。

「ッはぁ、……は、は……」

スラックスをつけたままだったが、下肢が痛いほど突っ張り、足の間が濡れているのがわかった。下肢もやたらと疼いているのだが、そこにまで触れられるのは男として抵抗がある。

だが、二人の指が動くたびに、腰の奥まで疼いた。こんな感覚は初めてだ。

喉を鳴らすような甘い声は、ますます止まらなくなった。こんな自分を、ひどく恥ずかしく感じているというのに。

しっとりと目が涙に濡れ、時折、まぶたを押し開いて確認するように二人を見た。だが、見つめ返されると、その目に映る自分の姿が思い浮かんで、すぐに目を閉じてしまう。

「……っはぁ、……は、は……っ」

どれだけ乳首を指でいじられたことだろうか。

身体は落ち着くどころか、段階をひとつ上がったようだった。

もはや二人の指が乳首から離れても、尖りきった乳首は皮膚の中に隠れることはない。

乾《かわ》いた土壌《どじょう》に水が染みこんだように、気持ち良さが全身に満ちていた。

そんな稜久の耳に、柔らかな龍之助の声が届いた。

「だんだん、赤くなってきましたね。無垢《むく》なピンクから、熟《じゅく》した色に」

「食べてみたくなったんだけど」

虎之助の声が聞こえた少し後で、生温《なまあたた》かなものが左の乳首に触れた。その感触にびくっとのけぞった瞬間、ちゅううっと吸《す》い上げられた。

「っんぁ！」

だが、間髪《かんはつ》入れずに、反対側の乳首にも生暖かいものが吸いついてきた。

「んっ……んん……っ」

両方の乳首を、それぞれ別の男に吸われている。しかも、それは親友二人だ。

これはセックスではなく、発情期の「紛《まぎ》らわせ」だとわかっているはずだった。なのに、舌がその敏感な粒の上でうごめくたびに、耐えがたい悦楽にがくがくと腰まで揺れてくる。

「っん、……ん、ん……っ」

乳首を吸われて、こんなにも感じるなんて恥ずかしすぎる。そう思っているのに、乳首に熱い舌を這わされ、チロチロと転がされると、身体の芯まで熱くなる。

小さな粒を唇で何度もくわえ直され、弾力のある舌先をそこに押しつけられると、ただただ気持ち良さばかりが募った。

しかも、それが両方の乳首から、それぞれに送りこまれてきている。

「っは、……っんあ、は……っ」

二人の舌はその小さな部分を丹念《たんねん》に舐《な》め溶《と》かした。健気《けなげ》にぷつりと尖る小さな粒を、さんざん吸って尖らせた後には、軽く歯を立ててくる。

噛まれた瞬間には痺《しび》れるような刺激があった。だが痛みはなく、気持ち良さばかりが広がる。

「っ……っは、……ぁ、あ、あ……ッン……」

「乳首だけで、そんなに悦《い》いですか」

「だけど、下がこのままだと、つらくね？」

そんな言葉とともに、虎之助の手がそっと性器の膨《ふく》らみをスラックスの上から撫でた。途端《とたん》に強烈な刺激が広がった。

「触る、……な……っ」

番以外に、そこを他人に触らせてはいけない。

互いの精液を飲み合うことが、オメガとアルファにとって番の儀式《ぎしき》となるからだ。

思いがけず稜久の口から漏《も》れた強い拒絶《きょぜつ》の言葉に、一瞬、二人の動きが止まった。

いつの間にか上がってしまった息を整えようとしながら、稜久は告げた。

「そこは、……ダメだ。……おまえたちとは、……番にならない」

「わかりました」

「これは、……稜久が苦しいのを、楽にしてやってるだけだから」

二人はそう言いながら、腹のあたりにあらためて手を伸ばしてきた。

「だけど、苦しそうだし」

「脱ぐだけはしましょうか」

「血液の流れを阻害《そがい》するのは、良くないって言うからな」

ずっとそこが張りつめていただけに、脱がされたことでだいぶ楽にはなかった。だが、稜久が気になっていたのは、張りつめた男性器よりも奥の部分だ。

——すごく、……疼く。

いつもは全く意識しないところだ。

身体の熱が上がれば上がるほどに、そこから疼きが広がる。

濡れているように感じたのは、気のせいではなかったらしい。下着を脱がされたときにささやかれた。

「すげー濡れてる」

どちらかの手が稜久の太腿《ふともも》を割り開き、その疼く中心に伸びていく。焦って足を閉じて、その手を拒《こば》もうとしたが、そこに触れられたいような欲望もあって、動きが一瞬遅れた。

「……っあ」

ぬる、っとすべる感触とともに、指が稜久の体内に入りこむ。

そんなことをされたら、普段ならもっと抵抗があるはずだ。だが、稜久の身体はびっくりするほどなめらかにその指を呑みこんだ。そのときの感触によって、やはりひどく濡れているのが実感できた。

「っあ……っ」

だけど、驚いたのはその指がもたらした悦楽だ。

排泄にしか使っていなかった場所に指を含《ふく》まされて、ゆっくりと抜き差しされる。それだけで、息が詰まるような快楽が広がっていく。

最初に指を差しこんだのは虎之助だったようだが、好奇心《こうきしん》が抑《おさ》えきれないようすで、龍之助も反対側から手を伸ばしてきた。中にあった指が抜けていったかと思うと、代わりにもう一人の指が根元まで入りこみ、中の感触を確かめるようにぐるりと襞《ひだ》を掻き回した。

「っ、……っあ、……あ」

「オメガは濡れるって言うけど、本当なんですね」

ただ指を入れられているだけなのに、その部分から腰が溶け落ちそうな快感が広がる。

少し曲げられた指先が、襞のあちらこちらを探るように動いた。

それから軽く抜き差しが始まる。指はそれなりに太く、存在感があった。

痒《かゆ》くてたまらない場所だからこそ、その心地よさに囚《とら》われていく。

そんなところに指を入れられるなんて、初めての体験なのに。

「オメガになったら、ここでオスを受け入れるそうですよ」

「そのための身体に、もう稜久はなってるってことか」

稜久の身体を観察しながら、双子が言葉を交わしている。そんなところを見られるなんていたたまれないのに、それより指がもたらす悦楽から逃れられない。

なかなか中からどかない龍之助の指に焦《じ》れたのか、虎之助の指もまたそこに伸びてきた。だが、龍之助は譲るつもりはないらしい。

入り口で指が互いにどかし合うような動きをした後で、虎之助の指も同時に中に入ってきた。

二本の指を受け入れることとなり、ぎちっと中が軋《きし》む。

だが、その直後に襞に押しつけられた関節が、快感を呼び起こす。喉にひっかかるような声が漏れた。

「っんぁ！」

「キツそうだけど、どうにかなりそうだな」

探るように、二人の指は動いた。二本の指は中で絡《から》み合い、場所を争うように移動した。そのたびに、指で擦りあげられる粘膜《ねんまく》から強い快感が広がっていく。

あふれてくる蜜《みつ》をからめながら、ゆっくりと指は抜き差しを繰り返し、稜久の襞《ひだ》を余すところなくなぞった。

「……っあ、……はぁ、……あ、あ……」

襞が引き伸ばされ、押し開かれる感覚がひたすら続く。

中が刺激されるのに合わせて、乳首もジンジンと疼いた。

指の動きを止めないながら、また二人の唇が左右の乳首に戻っていく。

乳首を優しく唇や舌で転がされながら、中にある指をゆるゆると動かされた。

二人に触れられているところから、身体が溶けていくように感じられた。こんなにもぐちゃぐちゃに濡れているというのに、なおも中から蜜があふれる。

「んぁ、……っあ、……あぁ、あ……っ」

快感が全身に詰めこまれていた。

掻き回されるたびに、声が漏れる。乳首をちゅっと吸われるのが気持ち良くて、自分から胸を二人の唇に押しつけてしまう。

「可愛い顔してんな」

「もう、かなりぼんやりしているようですね」

「どうする？」

「って言っても、強引にするわけにはいきませんからね。ひたすら稜久が満足するまで、慰めるしかないでしょう」

乳首を唇であやす合間に、顔を何度ものぞきこまれた。

どうにか冷静でいたいと思っているのに、二人の指や唇が掻き立てる快感によって、理性はすぐにどこかに吹《ふ》き飛んでしまう。

こんな自分の姿を、さぞかしからかうような顔をしているとばかり思っていたのに、時折目にする二人の表情はそれとは違っていた。

虎之助が、びっくりするような柔らかな表情で稜久を見る。とても愛しくて、大切なものを見守るような目で。

どうしてそんな目で自分を見るのかがわからなくて、動揺しながら次に龍之助に視線を向ける。すると、彼はいつになく熱っぽい目をしていた。いつもはひどく冷静だというのに。

こんな目で見られたことはなかったはずだ。

——何……？　どういう……こと？

意味がわからずにぎゅっと目を閉じると、龍之助が乳首を強く吸い上げた。

「っぁあ！」

吸い上げた小さな粒に、チリッと歯を立てられる。

快感ではち切れそうになっていた身体が、大きくのけぞった。

同時に、二人の指が示し合わせたかのようなタイミングで奥まで入ってきた。二本の指がまるで一つの大きなものになったように感じられて、ぎゅっと身体の奥が収縮する。

「っあ！　……っあ、あ……っ！」

また指が抜けては、深くまで突き刺《さ》さった。その指の動きがだんだん激しくなり、悦いところをかすめられて、甲高《かんだか》い声が上がる。

ぬるつく肉厚の舌で小さな乳首を転がされ、吸われては軽く歯を立てられた。乳首からも広がる純粋な快感に、稜久はかぶりを振った。

身体の奥には、なおもぐちゅぐちゅとリズミカルに指が突き刺さってくる。

「っん、……ん、ん、ん……っ！」

稜久は自慰すらまともにしたことがない。だからイクことにも慣れていないというのに、今はペニスを擦ってイクという手段すら封じられている。

イクことができないまま、ひたすら気持ちいい頂点での生殺《なまごろ》しの悦楽を味わわされる。

ぬるぬると指が中をなぞり、抜き出されては突き上げられた。びくびくと腰が大きく震えているというのに、やはり絶頂にはたどり着けない。

それでも、とうとう腰の奥で未知の感覚が膨れ上がり、あと少しで達することが出来そうなところまできていた。

稜久は無意識のうちに身体をくねらせ、二人の指により悦いところがあたるように動かす。

「ふぁ、……っあ……っんぁ……っ」

二人の指が気持ちのいい場所を直撃して、びくんと腰が大きく跳ね上がった。

「ここ、ですね。稜久の気持ちのいいところ」

擦りつけるだけでも気持ちよかったというのに、稜久の腰の動きに合わせて、中から指がそこをなぞり立てる。指の腹を押し当てられ、円を描《えが》くようにぐりぐりと刺激される。

「ひっ！　……っぁ！　ああ！　……あ、あ、あ……」

かつてないほどの強烈な快感が、稜久の腰で弾《はじ》けた。

次の瞬間、稜久は大きくのけぞりながら、ついに他人の指による初めての絶頂に達していた。

「――っ……！」

それは、今までの経験を吹き飛ばすほどに強烈だった。

頭の中が真っ白で、射精が終わってもしばらくはまともに息も出来ないし、何も考えられない。

「……は、……は、は……」

それでも、少しずつ力が抜けていく。

二人の指が身体から引き抜かれたので、ようやくホッとできた。

だが息があがり、生理的な涙が目尻《めじり》を濡らしていて、焦点《しょうてん》も定まらない。

そんな稜久の髪をあやすように撫で、頭を抱えこみながら、虎之助が聞いてきた。

「まだ治まらねーだろ？」

二人はオメガの生態《せいたい》について、稜久よりも知っているのかもしれない。

他人の身体に触れることに慣れているように感じるのは、オメガや女性を扱《あつか》い慣れているからだろうか。

――虎之助は、モテるもんな……。

そう思った途端、ちりっと胸の奥が痛んだ。どうしてなのかわからなくて、稜久は戸惑《とまど》う。

いくらアバターを使い、名前を隠していても、学生時代から虎之助は人気があった。体力仕事をいとわないのに加えて、動物的な勘《かん》でもあるのか、弱っているときにはやたらと優しい。何度も稜久は優しくされてきた。

「ん」

小さくうなずこうとして、稜久はためらった。

治まらなかったとしたら、この後どうするのだろうか。

二人の指がなくなったところは、甘い疼きを宿していた。治まるどころか、その疼きは刻々《こくこく》と強まり、指を入れられる前よりも耐えがたい疼きが居座っているようにさえ感じられる。

その体感に惑わされながら、稜久は濡れたまつげを押し上げた。

「……薬……。症状を抑える……効果は、……ないって……」

「一度発情してしまったら、三日は続くみたいですよ」

「心配ねーよ。その間、オレたちが慰めるから」

じくじくと、乳首も疼いてくる。

そこに早くまた吸いつかれたいと思っている自分に、稜久は狼狽《ろうばい》した。

これほどまでに、発情期が強烈だとは思わなかった。

二人の指がまた中に戻ってきただけで、その気持ち良さに何もわからなくなってしまうのだ。

〔二〕

最初の発情期を、どうやって乗り切ったのか、稜久の記憶はおぼろげにしか残っていない。

クタクタになるまで身体を慰められ、中に発情期専用の特殊《とくしゅ》な器具を入れられたりもした。

それが中でうごめくたびに稜久は震え、泣かずにはいられなかったのだが、最初の三日間が過ぎ去った後で、稜久は精魂《せいこん》尽《つ》き果てて、昏々《こんこん》と眠っていたらしい。

双子が顔を見せた日から、ちょうど一週間が経過した日に、稜久はパチリと目を醒《さ》ました。いつになく爽《さわ》やかな朝だった。

発情期の間はまともに思考力もなく、自分で自分の世話もできず、ボーッとしたまま過ごした。その間、双子たちが甲斐甲斐《かいがい》しく稜久の世話をしてくれたことだけは、ぼんやりと覚えている。眠る稜久が目覚めるたびに、最低限の水分と栄養補給を施《ほどこ》し、身体を拭《ふ》いてくれたり、お風呂に入れてくれたりした。だが、あらためて自分が眠っていたベッドを見たときに、稜久は唖然《あぜん》とする。

——これ……。

龍之助と虎之助の服で、大きな巣《す》のようなものが作られていたからだ。こんなものを作った記憶はまるでなかったのだったが、二人から漂《ただよ》う匂いがとても心地よく感じられて、世話をしにこられるたびに服をねだり、まだ体温が残る二人の服の布地に包まれて、眠りに落ちた記憶がぼんやりとある。

――白衣が多い。……やっぱり、ここにやってきたばかりだから、私服はそんなに持ってきてないんだろうなぁ。

丸められて巣の材料にされた白衣の匂いを嗅いだら、二人のどちらかの服かわかるかと試してみたくて、稜久は手前にあった一枚の白衣を手に取った。

だが、それを顔に押しつけて息を吸いこもうとしたときに、不意に寝室のドアが開いた。

バッチリと二人と視線が合う。

とんでもないところを見られたという狼狽で真っ赤になって白衣をベッドに戻すと、二人もどこかぎこちなく目をそらした。だが、いち早く龍之助が立ち直って、冷静に声を放つ。

「そろそろ目を醒ますころだろうと思っていたのですが。体調はいかがですか？」

「生まれ変わったように爽快《そうかい》」

「それはよかった」

にぱっと、虎之助が笑う。

「だったら、メシ取ってくるから、その間にシャワー浴びる？」

言われて、稜久はうなずいた。

この研究所に現れた二人を、宿泊棟に案内することすらしなかったというのに、この一週間で二人はこの環境に慣れたらしい。

シャワーを浴びて三人で一緒に朝食をとりながら聞いたところによると、やはり双子はこの研究所で何不自由なく暮らしていたようだ。

一番気になっていたのは、稜久の研究対象である植物の世話だったが、それも龍之助が研究記録を参考にして、しっかり世話をしてくれたらしい。

虎之助は主に稜久の面倒を見ていてくれていたようだが、ここにやってくるときにごまかした、セーフティレベル４の施設に入るための勉強もしていて、昨日、その資格試験に合格したそうだ。かなり難しい試験のはずなのだが、その底力に稜久は感心する。

これで、虎之助にも助手の仕事が任せられる。こういうところをごまかしたままにするのではなく、キッチリ勉強してものにするところが好ましい。

――それに、食堂のスタッフとも馴染んでるみたいだよな。

いつも稜久はこの宿泊棟の共有部にある食堂で朝食をとっているのだが、こうして外に持ち出しまで出来るとは知らなかった。しかも、久しぶりにちゃんと食事をとる稜久のために、スタッフが消化のいい特別食にしてくれている。

まずは留守中に龍之助がしてくれた仕事について引き継ぎを受け、そのそつのなさに稜久はうんうんとうなずいた。

「さすがに、おまえたちは優秀だな。二人が来てくれていなかったら、大切なオメガフィウムがどうなっていたことか」

稜久は熱っぽく、今、自分が研究しているものについて語り始める。

この絶海の孤島で研究されているのは、絶滅《ぜつめつ》した動植物を生き返らせるプロジェクトだった。

恐竜《きょうりゅう》やマンモス、古代の植物などの絶滅種を遺伝子工学《いでんしこうがく》によって復活させたり、永久凍土《えいきゅうとうど》から出てきた種を復活させたりする実験が主だ。

そのような実験だから、それらが自然界に漏れるのは絶対にあってはならない。完全に安全であると証明《しょうめい》されるまで、ここで復活させた全ての動植物は厳重《げんじゅう》に管理されている。

稜久は前田財閥内でプロジェクトチームを立ち上げており、各財閥や大企業も同じようにこの研究所内にプロジェクトチームを構えていた。厳密《げんみつ》な決まりを守りながら、ここでそれぞれの独立した研究が行われている。

「そろそろ、オメガフィウムが開花を迎えそうなんだ」

稜久が研究しているのは、古代の植物だ。

オメガフィウムは古代ローマ人に愛され、食材や香料、薬として、生活に欠かせなかったものらしい。とにかく美味《おい》しくて役に立ったという記録があり、重宝《ちょうほう》されたあまりに過剰収穫《かじょうしゅうかく》されて、二千年前に絶滅した。

「古代遺跡《こだいいせき》から、たまにそのオメガフィウムの種子が掘《ほ》り出されていてね。長いこと保管されていたそれを、手に入れた。死滅《しめつ》しかけた種を芽吹かせる科学的な方法を模索《もさく》しながら、何年もかけてその種をついに芽吹《めぶ》かせることができたんだ。そして、ようやく！　花が咲くところまでこぎ着けたところ！」

稜久はずっと夢見ていた。

古代の植物は、どんな花を咲かせるのだろうか。デザイン化された絵は残されているが、現物が見たい。

それが楽しみでたまらず、日々膨《ふく》らんでいくつぼみから一日も目を離せずにいたというのに、発情期と重なってしまったなんて不運でしかない。

だが、そのオメガフィウムの世話は、龍之助がしっかりと行ってくれたらしい。オメガフィウムのつぼみが膨らんでいく様子を後追いでタブレットで観察できたが、今日にも開花しそうに見える。

それを見逃すことはできない。

稜久は食事をお腹に詰めこむなり、意気ごんで立ち上がった。

「見に行こう！　みんなで」

「そんなに急がなくても、大丈夫ですから」

「そーそー。一週間もベッドにいたんだから、いきなり急いで歩いたら転ぶぜ？」

「だって、待ちきれないだろ」

「今でも、タブレット越しに見られるでしょうが」

二人が食事を終えるのを待ってられないとばかりに部屋を出て行こうとしたが、そのとき、つかんでいたタブレットが着信を伝えた。

「あれ？」

見てみると、父親からだ。引き返して、テーブルにつく。

世界に冠《かん》たる前田財閥の長《おさ》である父は、やたらと忙しい。直接、顔を合わせるのも、年に数回ほどだ。

　何かと思って出てみると、父はプライベートジェットで移動の最中のようだった。

　座り心地《ごこち》の良さそうな白革《しろがわ》のシートにゆったりと身を預《あず》けながら、鷹揚《おうよう》に話しかけてくる。

『久しぶりだね。オメガの確定診断が出たと聞いたが』

「え？　ああ、そうです」

『報告を受けて、そろそろ落ち着いたころかと思って、かけてみた。——おまえがオメガになるとは、思っていなかったが、どの因子がどの子に発現するかは、予想がつかないからな。祖父の代にもオメガが出て、ひどく優秀だったと聞いている。どの種であろうとも稜久は稜久で、いずれはうちの仕事を引き継いでもらうつもりでいるから、研鑽《けんさん》を怠《おこた》りなく』

「承知《しょうち》しています」

　稜久はうなずいた。

　いずれ自分は、前田財閥を背負う存在となる。

　だが代々、前田の家に生まれたものは、まずはグループ会社のどこかに就職し、他の新入社員に混じって平社員として仕事するという伝統《でんとう》がある。

　稜久は大学時代の専攻を生かして、研究員となった。その中で、古代植物を復活させるプロジェクトチームを立ち上げたのだ。

『良きアルファを選べ。おまえの子が、いずれこのグループを引き継ぐこととなる。前田の血を継ぐ子供が必要だ。特に結婚したいアルファがいない場合には、こちらでおまえを見合いさせる相手を選ぶことになる。猶予《ゆうよ》は三十歳までだ。いいな』

「わかりました」

三十までに結婚相手を見つけられない場合には、親が見合い相手を選ぶ。それは、常々《つねづね》言われていたことだった。それは、稜久がオメガになった場合であっても変わらないらしい。

父との通話は、それであっさり終わった。いつも父とはこんな感じだ。

――あと二年か。

稜久は切れたタブレットの画面を見つめながら、ぼんやりと考えた。

今までは、結婚相手など誰でもいいと思っていた。

だがいざ、オメガとしてアルファを選ぶ立場となると、何だかどうしても越えられない壁《かべ》が、どこかにあるような気がしてくる。

「なんでかな」

ぼそっとつぶやくと、食事を続けていた虎之助がそれを聞きとがめた。

「どーかした？」

「いや。……ベータオスのときは、結婚相手についてさして選《え》り好みする気持ちはなかった。だけど、オメガになった途端、なんか……生理的に嫌な相手がいると気づいたような？」

「どういうことですか？　僕たちが生理的に嫌だったとか？」

龍之助に聞かれて、稜久は慌《あわ》てて首を振った。

「二人に生理的な嫌悪感はないけど、――ほら、巣を作ってたほどだろ。そうじゃなくって、見合いの場合は、ベータオスだったときほど許容範囲《きょようはんい》が広くないというか？」

「孕《はら》む性と、無尽蔵《むじんぞう》に種をまける性の違いってわけ？」

虎之助が口を挟《はさ》む。

考えてみれば、そんな気もした。

「三十歳までに良きアルファを選べ。選ばなかったら、見合い、ですか」

「好きなアルファはいるの？」

いきなり尋ねられて、稜久は面食らった。

——好きなアルファだと？

今まで恋愛とは、縁遠《えんどお》く生きてきた。アルファオスは、そもそも恋愛対象外だったはずだ。ずっと二人には、恋愛感情が欠落《けつらく》しているとからかわれてきた。

「いるはずがないだろ。おまえたちも、それは知ってくるくせに」

開き直って堂々と言ってのけると、テーブルを挟んで稜久の向かいの椅子に座っていた二人は、何だかホッとした顔をした。その意味が、稜久にはわからない。

「だったら、立候補《りっこうほ》しちゃダメ？」

明るい調子で虎之助に言われたので、稜久はからかわれたと思って眉《まゆ》を寄せた。

「ダメに決まってるだろ」

言い返しながらも、ざらりとした違和感《いわかん》をかすかに感じ取る。

——あれ？

もしかして、これは冗談《じょうだん》というわけではないのだろうか。今まではベータオスとアルファオスの関係だったから、それだと子供は出来ないからと、無条件《むじょうけん》で却下《きゃっか》してきた。

稜久には前田財閥を引き継ぐ子供を産む責任がある。同性間で結婚はできるが、子供が出来ないのでは意味はない。兄のお願いにうなずいたときから、稜久は前田財閥の血を継ぐ子供を作る役割を担《にな》うことになった。

——だけど、オレがオメガになったから、これからは同性間でも子供は出来るよな?

今までの大前提《だいぜんてい》が、完全にひっくり返る。だが、思考はともかく、稜久の感情はそのことに対応できていない。

——だとしても、……こいつらは選べないからな。

それが次に来る問題だった。どちらかを選んだら、どちらかを失う気がする。そんなリスクを負うぐらいなら、ずっと三人で友達として付き合っていったほうがいい。

——それに、ずっと友達だったし。

友達として付き合ってきたのに、すぐに恋人に切り替えるなんて無理な話だ。

稜久はテーブルに両肘《りょうひじ》をつき、悪ふざけが過ぎた双子に説教するような様子で言った。

「こっちとしてはそれなりに深刻《しんこく》な問題なんだから、ふざけんな。虎之助はちょっと前に、ぼいんぼいんのグラドルと、噂《うわさ》になってただろ」

虎之助は顔出しNGなのだが、先日『素顔《すがお》流出の衝撃《しょうげき》写真』という見出しでネットニュースになっていた。

ついに素顔が流れたのかと気になってチェックしたら、画像のその顔はぼやけていて、虎之助とは思えなかった。相手のグラドルの顔と身体ばかりが強調されていて、彼女の売名行為《ばいめいこうい》だと、稜久は判断したものだ。

「そんなの単なるデマだし」

「稜久はあの写真が本物だと思いました？」

虎之助の横で、龍之助が興味深そうに聞いてくる。チラリとしかその写真を見ていなかったが、稜久は否定できた。

「あれは違う。ぼやけてたけど、虎之助じゃない。身長も体形も違う」

それに、虎之助はあんなふうに腰に手を回さない。回すときには指を広げて、しっかりと抱えこむのだ。

そこまでは言わなかったが、確信をこめた稜久の言葉に、龍之助はひどく満足そうに微笑《ほほえ》んだ。

「僕も一目で、これは別人だとわかりました。稜久は昔から不思議と、僕たちを見分けることができたんですが、どうしてですか？」

昔から、双子には何度となくこの質問をされてきた。

どうして、と聞かれても、明確な理由はない。勘《かん》でしかないのだ。その勘が、百発百中というだけで。

だがその返答では、今まで入れ替わっては世間の人を騙《だま》してきた双子は納得できないらしい。

出会った当初の小学生のころから、かなり巧妙《こうみょう》な手まで使って、稜久の目をごまかそうと試してきた。

それでも稜久は一度も騙されたことがない。

「だって、龍之助は龍之助で、虎之助は虎之助だろ」

それに、二人の性格はわりと違う。だから龍之助は龍之助として、虎之助は虎之助として接している。

それが、双子にとっては新鮮《しんせん》だったようだ。

世間の人にとって二人の区別は困難であり、ずっと二人セットで扱われてきたようだ。親でさえたまに間違えるほどであり、しかもわりと仲がいいから、あえて相違点のほうを強調することもないらしい。

彼らを別々の人間として接してきたことで、稜久は彼らから認められたような気がする。

かつては二人きりで閉じていた世界に、新たに稜久が加わった。それからはいつでも三人セットで動くようになった。

稜久も前田財閥の後継者として、さりげに他の生徒たちから敬遠されるところがあったから、気の置けないふたりの友人ができたのはとても嬉《うれ》しかった。

「とにかく、おまえたちはしばらく仕事を手伝ってくれるんだろ。助手もいなくなったし、手が足りない。仕事内容は、あらためて研究所で説明する。もうじき開花だから、二人に咲《さ》くところを見てもらいたいし！」

「相変わらずな、研究バカですね」

「昔っから、古代ローマ好きだよな。あと、変な植物ばかりに興味持ってた、稜久は」

朝食を終えてから、三人で廊下に出た。少し早いが、研究室に向かうことにする。

その途中で、稜久がオメガになったことは秘密にしておいたほうがいい、と龍之助が提案してきた。

「ここのメンバーは、やたらとアルファが多いですから」

「結婚相手を探している前田財閥のオメガって、カモがネギしょってる状況じゃね？」

「爺やが具体的に挙げていた不逞《ふてい》の輩《やから》だけではなく、この研究所にいるアルファというアルファが、あなたを狙っても不思議ではないですからね」

「稜久と番《つが》ったら、一生安泰《いっしょうあんたい》だって思うヤツは多いだろーし」

「そんな甘い考えじゃ、稜久には太刀打《たちう》ちできませんが」

そこまで自分が美味しい物件だという自覚はなかったが、考えてみればそうかもしれない。

「まあ、自分からオメガになったって、あえて言うつもりはないけど」

そんな稜久に、龍之助がうなずいた。

「ただ、特にオメガになって最初の数ヶ月は、注意が必要なようですよ。身体の状態が不安定で、無意識に微量《びりょう》のフェロモンを垂れ流しにすることもあるそうです。僕たちがいないときに、一人で研究所のあちこちをうろつかないようにしてください」

「それって、大げさだろ」

「オレたちを呼び出せばいいだけだから」

虎之助にまで言われて、稜久はしぶしぶながらもうなずいた。

先日、助手に襲われたという事実もあった。

ああいうのは、二度と味わいたくない。しかも相手が一人ではなくて複数だったら、どこまで立ち向かえるかわからない。

――力が抜けるんだ、ああいうとき。

だが、その点、この二人は安心だった。

稜久は横を歩く長身の虎之助の腕をつかんで、自分のほうに引き寄せる。

「そうだな。おまえたちがいれば、大丈夫」

それに、と清潔《せいけつ》な研究所の廊下を振り仰《あお》いだ。まだ建てられて五年の、政府肝《きも》いりの施設だ。

「ここの空調はクリーンルームなみに優秀だから、常時、空気が入れ替わる。さしてフェロモンは残らない。もうじきオメガフィウムも咲くから、研究室に閉じこもって観察してれば大丈夫だろ」

だが、稜久はふと引っかかって、虎之助と龍之助を交互《こうご》に見つめた。

「同じ部屋にいるおまえたちは、大丈夫なのか？」

稜久の質問に、双子は一瞬だけ固まったように見えた。互いに顔を見合わせた後で、その造形の良さを最大限に生かしたような極上の笑顔を浮かべる。

「それは、……心配ねーんじゃ？」

「そうそう。爺やに、アルファ用の発情抑制剤を渡されています。それがあるから、僕たちは発情することもなく」

「そんなのがあるのか？」

初耳だった。だが、稜久は全般的にそちらのことには疎《うと》い。

立て板に水とばかりに、二人はまくしたてた。

「アルファ用の発情抑制剤は、オメガのものとはまた違っていて、純粋に発情を抑えるものなんです」

「勃たねーから、危険もねーだろ」

「ですから、二匹の羊と一緒にいるようなものだと思ってくだされば」

「そうか」

その言葉に、稜久はホッとした。

発情して自分が身体を慰めてもらっていたとき、二人の切実な息づかいを感じ取ったような記憶もあった。熱っぽく自分を見つめてくる眼差しが、記憶のどこかに引っかかっている。

だけど、こんなふうに二人が言うのなら、全て気のせいだったのかもしれない。

龍之助はポケットから小型のスタンガンを取り出して、稜久に渡した。

「これを、あなたに」

ペンとさして見分けがつかないタイプのものだ。

「あなたに危険が及《およ》んだときは、ためらいなくこれを使ってください。使ったときには、僕にも通知がきます。場所もわかりますから、すぐに駆《か》けつけます」

大げさだとは思ったが、念のためだ。稜久はうなずいて、それを白衣の胸ポケットにしまった。

「わかった」

研究室のドアの前で立ち止まると、背後で虎之助と龍之助が稜久を守るように立つ。今まで庇《ひ》護《ご》される対象になったことがなかっただけに、こういうのは何だかくすぐったい。

だが、悪い気分ではない。

二人は誰よりも頼れる相手だ。

そう思って、稜久は研究室のドアにＩＤカードを押し当てた。

〔三〕

「すごい……！」

龍之助と虎之助が見守る中で、オメガフィウムのつぼみがゆっくりと開いていく。

それはまるでスローモーションをさらに引き延ばしたような動きだったが、特に虎之助の横にいた稜久は片時も目を離せないとばかりに息を詰めて、それを熱心に眺めていた。

何せ二千年ぶりの開花なのだと、稜久が熱っぽく語っていたのが、虎之助の耳に残っている。

虎之助にとって、実はその開花はさして興味があるイベントではない。だが、この絶海の孤島にある研究所で助手などをしているのは、ひとえにここに稜久がいるからだ。

彼は目をキラキラさせて、この古代ローマ時代の植物を復活させるプロジェクトについて語ってくれた。

「これが古代遺跡から掘り出されたときは、半分、炭化《たんか》していたんだ。だからこそ保存が効いたとも言えるんだけど、そこから遺伝子情報を抽出《ちゅうしゅつ》し、DNA情報を解読して——」

発掘された種子から、自分がどれだけ苦労して二千年前の植物を再生したのか、という話を、稜久は楽しげに何度も話してくれた。

だけど、彼が研究内容を語るときのキラキラとした目が、虎之助はとても好きだ。

どうせなら、もっと派手《はで》な過去の動物——たとえば恐竜やマンモス、ニホンオオカミといった種を復活させたほうが、世間の注目を集めるはずだ。エンタメ業界を知っている虎之助は、そんなふうに思う。現にそれらを復活させようというプロジェクトチームが、この研究所内にはあるそうだ。

だが、稜久はそちらのほうへの興味はないらしい。

稜久が好きなのは、ヘンテコな花だ。昔から稜久は奇妙《きみょう》な形をした植物に興味があった。唇の形をした花や、根や葉を持たない巨大で変な匂いがする寄生《きせい》植物、『死体の花』と呼ばれる二年に一度しか咲かない巨大なサトイモ科の植物など、彼が興味を持つものは、虎之助にとっては奇妙なものでしかなかった。

そして今、彼は、二千年前の花に取り憑《つ》かれている。

――まぁいいけど。稜久が何が好きであろうと。

稜久は好奇心が強く、一度疑問に思うと、その謎《なぞ》をとことん解き明かしたくてたまらなくなるようだ。

稜久がこの植物に持っている興味は、どんな花が咲くのか、匂いはどうか、とても美味しいというが、味はどうなのか、といったところらしい。その謎を解き明かすために、このプロジェクトチームを立ち上げた。

薬効を研究する、という名目もあるようだが、要は道楽《どうらく》仕事だ。

稜久が前田財閥の後継者の一人でなかったら、おそらくこのプロジェクトは認められていなかっただろう。

研究所には、企業別に分かれたそれぞれのプロジェクトチームが所属《しょぞく》していた。つまりは、古代の動植物を蘇《よみがえ》らせるという危険な研究を、国が一括《いっかつ》して管理して、セキュリティと倫理規定を守らせる、といった施設《しせつ》のようだ。

――まだ、他のチームは動物を復活させるところまではいっていないようだけど。

まだアメーバレベルか、細胞《さいぼう》レベルらしい。

絶滅した動物を蘇らせるのはかなり困難だが、絶滅した植物を蘇らせるのは、比較的容易《たやす》いようだ。だが、植物を蘇らせようとしているのは、稜久のところともう一つだけらしい。

人々の夢と希望がぎっしりと詰まった古代動物の復活に比べ、古代植物は何かと地味だからだろう。

――食い物になる植物にしたって、増産とか品種改良が、現存する植物で進められてるからな。わざわざ古代植物に手を出す必要はないよな。

だが、稜久はこの研究に限りないロマンを感じているようだ。

遺伝子操作技術やゲノム情報を復元する技術の進展により、過去の失われた遺伝子プールから宝物を掘り出すことに、どれだけ意義があるのか、といったことを、稜久はとうとうと二人に語っている。

完全な開花を待つ間に、稜久はプロジェクターを使って、研究室の壁に古代ローマの食器や壁も映し出した。

「オメガフィウムは、これらの食器とか、家や神殿の装飾にも、図象化されて多く描《えが》かれている。

古代ローマ人に愛された花なんだ。ほらここを見ろ！　皿一杯に、オメガフィウムらしき花がいっぱいに盛ってあるだろ。おいしくて、たくさん食べずにはいられなかったことから『貪欲』の象徴ともされた花だ。だが、面白いことに『貞淑』の象徴にもなっていて、たとえばこのように、女性らしき人物がオメガフィウムの花を手にして、家にいる絵もあって」

「貞淑の象徴？」

虎之助が聞き返すと、稜久は大きくうなずいた。

「おそらく、何らかの薬効があると思われる。味にしても、期待が膨らむな」

そう言って、稜久は二人を見据《みす》えて重々しく語った。

「俺たちは二千年ぶりに、このオメガフィウムの花を見た人間となる」

多大なる恩恵《おんけい》を与えるとばかりの物言いだった。

広い研究室にはガラス張りの実験室が付属していて、その実験室の中で復活した古代ローマの植物がすくすくと育っている。

研究室から一番見えやすいところにプランターが置かれ、三重のガラス越しに開花していくさまが直接見える。二十四時間、そのプランターにはカメラが向けられ、記録されてはいるが、生での開花を見たいだろうと言われて、虎之助と龍之助は真夜中にたたき起こされたところだ。

――オレにとってはオメガフィウムの開花はどうでもいいけど、オメガフィウムの開花をわくわくと眺める稜久は見たい。

強化ガラスに額《ひたい》を押しつけるようにして熱心に観察している稜久の姿を、虎之助はチラチラと

Riku Maeda

眺《なが》めてしまう。

興奮のために頬がかすかに紅潮《こうちょう》していて、目も潤《うる》んで見開かれていた。きめ細やかな白い肌も、興奮のために淡い桜色に染まっている。

龍之助と虎之助のほうが背が十センチは高いから、日本人男性としては平均的な体格である稜久でもどこか華奢《きゃしゃ》に感じられる。

特に腰のあたりがほっそりとしているように感じられて、いつでも背後からぎゅっと抱き締めたくなる。今でも熱心に乗り出したその後ろ姿に手を回して抱擁したいのだが、こんなときに邪《じゃ》魔《ま》されることを稜久が何より嫌がるのを知っているから、邪魔はしない。

特に好きなのは、稜久が夢を語るときの表情だ。

少年っぽく浮かされたような顔になる。桜色の唇が、言葉を綴《つづ》るのに間に合わないとばかりに慌ただしく動くのも愛おしい。

だからこそ、オメガフィウムにまるで興味はないのに、何かと稜久から話を聞き出してしまうのかもしれない。

だけど本当は、そのほっそりとした身体を組み敷《し》き、その首筋に歯を立てたい、という欲望に取り憑かれている。

そうしたときに、稜久がびくんと震えて抵抗する姿を思い描いただけで、虎之助は興奮に震えてしまう。

少し前までは、そんなものは単なる妄想《もうそう》でしかなかった。スキンシップをあまり好まない稜久だから、触れるのは最低限だった。だが、思いがけず願望がかなった。オメガの発情を慰《なぐさ》めるという理由で。

あれは単なる介助《かいじょ》行為でしかないが、あのときから虎之助の身体の奥底で、ずっと熱がくすぶっていた。次にあのような機会があったら、どこまで自分を抑えられるのかわからない。理性には自信があるはずなのに。

そんなことを考えながら見守っていると、稜久が口を開いた。

「この花を復活させるために、予算をたくさん使ってしまった。なかなか成果が出せず、研究者が減らされ、助手もついに一人まで削《けず》られてしまった。それでも、へこたれずに追い求めた二千年のロマンだ！　勝算はある」

「勝算？　どんなものですか？」

虎之助とは稜久を挟んで反対側から、やはり開花よりも稜久を見守っていた龍之助が、不思議そうに口を開いた。

稜久はその問いかけを受けて、深々とうなずいた。

「おそらく味は絶品《ぜっぴん》で、コンパクトフードに慣れた現代人の舌を驚愕《きょうがく》させるに違いない。前田フードの主力食品になるかもしれない。何らかの栄養素が、スーパーフードとして流行する可能性もあるだろう」

――だといいね。

虎之助は心の中だけで突っ込んだ。

「しかもこの花の形は美しい。前田花壇《かだん》の目玉として、花束《はなたば》やアレンジメントに組みこまれることになるかもしれない。それどころか、我が前田グループのロゴがこの花の形に変更になる可能性も……！」

――可能性だけならね。

それだけなら、どんな雑草にもある。だが、稜久だけは本気で信じているらしく、目がキラキラしていた。

「この花から未知の薬効も発見されるかもしれないんだ。とにかく、限りない可能性を秘めた花だ。それが、今、ここで開花してる」

五年も研究を続けてきたから、思い入れも大きいのだろう。

虎之助は、三重のガラス隔壁《かくへき》で隔《へだ》てられた実験室に視線を戻した。

ここで復活させた全ての動植物は、発生した瞬間からセキュリティレベル4に指定され、厳重な取り扱いをされる。

実験室にあるものは、ボタン一つで消毒《しょうどく》や焼却《しょうきゃく》が可能で、除去《じょきょ》や駆除《くじょ》もできるように設計がされているそうだ。

その一輪の花に虎之助は注目する。十分な栄養を与えられ、水耕栽培《すいこうさいばい》で育てられているのは、サボテンに似た植物だった。

つぼみは蓮《はす》に似ている。ほころんだつぼみから、だんだんと中の赤い色がのぞきつつあった。

植物自体も蕾《つぼみ》も、とても大きい。開花したら、両手でどうにか包みこめるほどの大きさだろう。

「今夜中に、全部開きますかね」

龍之助があくびをかみ殺しながら言う。

「そのはずだけど、データがないから」

「夜咲《さ》く花？」

虎之助も龍之助のあくびが伝染《でんせん》して、それを噛み殺しながら尋ねた。

「たぶんな」

「咲いたら、どうすんの？」

続けて尋ねると、稜久は満面《まんめん》の笑顔で即答《そくとう》した。

「食べたいな！」

そんな言葉が最初に来るのが、とても愛らしい。

「どんなふうに料理すれば、おいしいでしょうね？」

龍之助が尋ねている。

出会ったころ、稜久はとても痩《や》せていて、食に全く興味がない子供だった。

前田家では味よりも栄養バランスが重視されていたようだ。身体にはいいものの、あまりおいしくないものばかり食卓《しょくたく》に上がっていたようで、それが子供の舌にはまるで合わなかったらしい。

そんな稜久にお菓子を差し出すと、むさぼるように食べた。そんな稜久に、双子はまずはジャンクフードの美味しさを教えていった。

——それからオレたちも、成長するにつれて、まともな自炊《じすい》を覚えていったんだけど。

だんだんと双子は、料理に凝《こ》るようになった。

稜久が好きで、栄養のバランスもいいものを食べてもらうのが楽しみとなり、稜久の舌は自分たちが作ったという自負がある。ここまで食べることに興味を持ってもらえると、母親のようなほのぼのとした心境にもなる。

「だけど、まだつぼみは一つ目だから、食べるわけにはいかない。まずは実がつくまで観察して、記録を取る必要がある。匂いのデータも大切だし」

「過剰収穫が祟《たた》って、絶滅した花だっけ？　そんな記録があるんだったら、食べてみたいよな。どんな味すんの？」

「おいしい、としか、文献には記載がない」

稜久が重々しく言った後で、パッと顔を輝かせた。

「決めた！　最初に食べるときは、軽く湯がいて、ポン酢《ず》をつける！」

――ポン酢！

だんだんとつぼみは開きつつあった。蓮っぽい、と思った虎之助の勘は、そう外れてはいなかったらしい。

多層《たそう》の花弁《かべん》がのぞいている。ただし、色は中心部に向かうほど血のような赤が濃くなっている。この花を見て、ポン酢という発想は虎之助にはなかった。だけど、そんなふうに言い出すのが可愛くて、早く食べさせてあげたくなる。

「じゃあ、明日の夕飯は鍋にしよーぜ」

「豚バラと水菜の水炊き鍋とか、いいかもしれませんね。ポン酢であっさり食べるのも」

「この花を食べられるのは、いつになることか」

「けど、他のもすくすく育ってるじゃん」

虎之助は笑いながら、実験室の他の植物を指し示した。

つぼみをつけた第一号は、実験室の一番手前に置かれている。それ以外にも、第一号から二ヶ月後に発芽《はつが》したという第二号が育っているプランターや、第三号が育っているプランターなど、次々と次代が育ちつつあった。

「第二号は黄色い花が咲くかもしれない。いい感じに育っているから、新しい花のどれかが食べられるといいな」

「まだ次の子がつぼみをつけるまでには、だいぶかかりそうですけど」

「まずは花弁を一つだけ採取して、そこに含まれる成分を抽出しておきたい。茎《くき》や葉の成分と、比較する。何らかの薬効があればいいんだけど。今までは株《かぶ》を増やすだけで精一杯《せいいっぱい》だったから、蘇った植物について調べるのはこれからの作業だ」

話している最中にも、どんどん花が開いていく。

花弁は蓮みたいなスプーン状ではなく、レンゲソウに似て細かく切れていた。なかなか迫力《はくりょく》のある花だが、どこかまがまがしさもある。

「うーん……。まぁまぁ、綺麗《きれい》だね」

「さすがに、前田花壇の花束やアレンジメントに、必ず入る花にはなりそうもないですね」

二人がつぶやいたが、稜久は意外そうに言い返した。

「そうか？　めちゃくちゃ綺麗だろ。これをアレンジメントに入れたら、すっごく映えそうだ」

「とても大きいアレンジメントになりますよ。三十センチもある花ですから」

「だからこその、映えじゃないか」

「薬効もあるといーね」

虎之助は気楽に付け足す。

そういえば昔、世界最大の花にハマったときも、稜久はその造形をとても綺麗だと言っていた。かなり個性のある花だったが、その言葉は本気だったようだ。今も花を見て、とてもうきうきしている。

「前田のシンボルにするには、やや線が多いな。だけど、いい感じに簡略化《かんりゃくか》すれば——。あ、古代ローマの壺《つぼ》が参考になる！　これを使ったら、二千年続いている企業みたいで、かっこいいのでは？」

そんなことを言い出す稜久を止めてくれる人が、前田財閥には大勢いる。そのことを知っていたから、虎之助は、はいはいと聞き流すことができた。

さらに花が開花していく。

「きっと、いい匂いがしているんだろうなぁ。匂いを直接嗅《か》げないのが残念だ」

稜久が夢見るようにつぶやいた。

開花した花から毒のある成分が放たれている可能性があるから、セキュリティ上、ちゃんと調査、分析《ぶんせき》してからでないと、匂いは嗅げない。

確かにそれだけは、少し残念な気もした。


双子たちがやってきてから、ちょうど二週間後がクリスマスイブだ。

稜久は助手としての勤務を、龍之助と虎之助に一日おきに交互に頼むことになった。なので、今日は休みだった虎之助が、朝からこの島の対岸まで出かけて食材を買いこみ、それを使って美味しい料理を作ってくれていた。

ホールケーキは買ったものらしいが、丸ごとのチキンを焼いてくれて、海老《えび》と野菜のピンチョスもつく。さらに鮭のレモングリルに、トリュフ風味のきのこのリゾット、などといったご馳走《ちそう》が、テーブルに所狭《ところせま》しと並んだ。

「七面鳥《しちめんちょう》は調達できなかったけど、稜久はチキンのほうが好きだから」

虎之助がそう言ったので、稜久は力強くうなずいた。

実家の七面鳥のグリルより、この双子と食べるチキンのほうが好きだった。

この研究所の宿泊施設には食堂がついているから、面倒だったら三食、そこに通えばいい。だが、自炊をする人のためにキッチンが各部屋についているし、対岸へも週に三日、船が出ている。買い出しは、そう大変ではないはずだ。

双子が来てから、夕食は二人が交互に作ってくれるようになった。二人の料理はおいしいから、稜久の生活の質は格段に上がっている。

「すごいな。全部、この部屋のキッチンで作ったのか？」

稜久の部屋が、三人のたまり場にもなっていた。夕食は、揃ってここで食べることが多い。

だが、オーブンまでは各部屋についていないはずだ。

虎之助は軽く肩をすくめて笑った。長身だから、そんな仕草をすると手足がとても長いのを思い知らされる。

「この研究所には料理に凝る人もいてさ。料理好きなヤツと仲良くなって、オーブン貸してもらった」

この双子は社交的だ。そっくりだという物珍《ものめずら》しさと外見の麗《うるわ》しさもあって、他の研究員やスタッフたちの注目を集めているらしい。やはり皆、二人の区別がつかないようだ。二人いるのではなく、一人だけだと思っていたという者までいて、ビックリする。

――どうしてだろう。全然似てないのに。

そしていつの間に、オーブンの貸し借りまでする相手が出来ていたのかと、稜久は驚いた。

虎之助には、相手の懐《ふところ》にするりと入っていくような人なつっこさがある。

――そのくせ、心は許さないんだよな。

踏みこめない未知の領域が、この双子たちにはあるのを稜久は感じている。この二人はそれぞれずっと好きな娘《こ》がいるらしいのだが、どんな娘なのか、進展はどうなっているのかすら、稜久はまるで教えてもらっていない。

——他人の恋愛話には全く興味はないとはいえ、双子は身内のようなものだし。

それが、少し不満だった。

この研究所には女性も多くいる。料理に凝るタイプも多いことから、オーブンを貸してくれたのは女性なのかと気になった。

さりげなく、尋ねてみる。

「オーブン貸してくれた女性と、クリスマス過ごさなくていいの？」

「は？」

虎之助はポカンとした後で、にやっとして稜久の髪をぐしゃぐしゃ撫でた。

「そんなこと、気になる？」

その後で、そっと付け足してくれる。

「オーブン貸してくれたのは、アルファオスだぜ」

——そうか。

内心で、ひどくホッとした。

この二人がやってきてから、ここでの生活が一気に楽しくなった。二人はとても気が利くし、有能だから、研究もはかどる。

その上プライベートまで充実しつつあるのだ。年末年始には、真夜中から釣りに行く予定も立てている。

――ずっと、三人でいたいな。

クリスマスのご馳走が並んだテーブルにつきながら、稜久はどうしてもそう考えてしまう。だけど、いつまでも学生気分のままではいられない。稜久は三十になれば見合いをしなければならないし、それが嫌なら自分でアルファオスを見つけなければならない。

稜久の部屋の様子も、だいぶ変わった。双子が来るまでは殺風景《さっぷうけい》で、カーテンすらも下がっていなかったのに、カーテンがつき、椅子が三つになり、テレビも置かれた。

おいしいコーヒーをいれるための道具も、片隅にある。プロジェクターで映画を見るためのソファも、寝室に運びこまれた。

食堂での食事は、対岸にあるセンターで一括《いっかつ》で作られたものを加熱するだけのものだから、味気ない。二人と食事をするようになってから、麻痺《まひ》していた食事への興味も呼び起こされた。

それもあって、今日のクリスマス料理をとても楽しみにしていたのだ。

「食堂でも、今日はクリスマス仕様のメニューが出るそうですね」

ふと、龍之助が思い出したように言ったが、何年もそこの食事を味わってきた稜久は軽く首を振った。

「去年のクリスマス料理は、いつものメニューにカップケーキがついてるだけだった。お正月は、もう少し違ったけど」

刑務所《けいむしょ》のような食事だ、と常々思っているのだが、さすがに言葉にするのは控《ひか》える。

「お正月も、一緒にご馳走食べようぜ」

「準備しましょう」

「どこまで材料買えるかな？」

「対岸のスーパーには、いつもいい魚が揃ってますよ」

双子が話しながら、シャンパンを開栓《かいせん》していく。

黄金色のシャンパンがそれぞれのグラスに注《そそ》がれ、美味しそうな焼き色のついたチキンを目の前に置かれたら、稜久は生唾《なまつば》を飲まずにはいられない。

「じゃあ、乾杯《かんぱい》を」

「ん！」

「カンパーイ！」

キリストの生誕《せいたん》など関係なしに、パーティが始まる。

前田家でもたまに、一家揃って食事をすることがあった。そんなときには、代々利用している格式の高いレストランに集まるのだが、今みたいに部屋でのほうが、くつろげて味を楽しむ余裕が生まれる。

それに順番など関係なく、好きなものから好きなだけ食べるのが稜久は好きなのだ。テーブルには稜久の好物ばかりが並べられているから、どれから食べるべきか、とても迷《まよ》う。

まずは海老と野菜のピンチョスをつまみ、鮭を頬張った。龍之助の味付けは稜久にはちょうどよくて、ぷりぷりの海老が美味しいし、鮭から染み出す油も美味しい。

――だけど、二人がいるのは最大二ヶ月か。

新たな助手を探してもらっているが、いい人は見つかるだろうか。できれば二ヶ月間、二人にギリギリまでここにいてもらいたい。

そう思って、左手にいる龍之助を見た。

「龍之助、うちの研究所に転職しない？」

半ば本気だった。

龍之助がどんな研究をしているのか、稜久はちゃんと教えてもらっていない。だが、研究員が二ヶ月も休暇を取っているのは気にかかる。

何か仕事上で、深刻《しんこく》なトラブルでもあったのではないだろうか。

――今までは一緒に旅行に出かけたときでも、マメに研究室と連絡を取っていたのに。

研究者が研究室を離れるときには、細胞や培地の面倒など、いろんな世話を助手に任せることになる。現状の確認や、毎週入っている会議など、何かと職場から離れられない事情がある。そのことは、稜久も理解できている。

なのに、今年だけは龍之助の様子はいつもとは違っていた。

今までの研究への情熱というのが、龍之助からすっぱり消え失せたように感じられてならない。何か壁にぶつかっているのなら相談に乗りたいし、今の職場ではなくて新しい職場を求めているのだったら、力になりたい。

だが、稜久の申し出に、龍之助は驚いたように眉を上げた。

「転職？」

「おまえが何を研究しているのか知らないけど、優秀なのはわかってる。だから、いつでもうちの研究者にスカウトしたい」

「別に、困ったことなんてありませんけど」

しれっと龍之助が言うと、虎之助が言葉を付け加えた。

「そうそう。こいつは、ちょっとやる気を失っただけ。——ずっと、……との子供が欲しいと思っていたのに、自分の手を介さずにそれが出来るようになったから」

「誰との子？」

その部分が聞き取れなくて、稜久は聞き返した。

だが、龍之助がその前に言葉を挟んだ。

「余計なことを言うんじゃありません」

「すごくやる気を失ったのは、確かだろ？」

双子のやりとりに、稜久はポカンとした。

何について話しているのかわからない。だがそういうのは昔からよくあることだった。双子たちは、たまに稜久が理解できない言葉でやりとりをする。

無視して、稜久はチキンに手を伸ばした。まるごと一匹を香ばしく焼き上げたものを、食べやすいように骨ごと切ってある。

骨から肉を取って口に入れると、パリパリの皮がとても美味しい。ハチミツと香辛料《こうしんりょう》の匂いが広がった。噛むたびに、ジューシーな肉汁が広がっていく。

「美味しいな」

心の底からのつぶやきが漏れた。

稜久にはいまだに北京《ペキン》ダックの皮を珍重《ちんちょう》する気持ちはわからないのだが、こういうときのチキンの皮は、素直に美味しいと思える。

稜久の言葉に、二人は笑顔になった。

「うまい？　良かった」

「早く食べろよ、おまえたちも。せっかくのご馳走が冷めちゃう」

「そうですね」

「龍之助のほうは、仕事に問題ないならそれでいい。だけど、何かあったら相談して欲しい。で、虎之助はどうなんだ？　仕事の様子は」

「ン。まぁまぁ。時間あるから、いろいろ研究中」

シーズンオフには、新しく発売されたゲームや、競技しているゲームのバージョンアップについてなど、とことんまで研究する必要があるらしい。

助手の仕事をしていないときの虎之助は、それらのゲームの解析《かいせき》に忙しいようだ。バーチャルな世界で展開されるゲームでも全身を使うから、島内のランニングコースを走ったり、筋トレをしている姿もよく見かける。

「まぁ、虎之助は心配なさそうだよな」

一言で片付けると、それには龍之助が引っかかったらしい。

「いつもは僕のほうは問題なくて、虎之助が心配なんですけどね」

「他人のことに無関心な稜久が、龍之助を気にかけるなんて、珍しいな」

そんなふうにしゃべりながら、双子はどこか楽しそうだ。

基本的にめげないタイプだから、きっと龍之助は心配ないと、稜久は考えることにした。

今後の研究のことについても、展望を伝えてみる。

オメガフィウムが咲くのは、夜間に限られているようだ。深夜に花開き、三時間ほど花弁を開いて、夜明けごろにつぼみを閉じる。それが何日続くのかわからないから、二十四時間の記録を続けていた。

「で？　稜久はオメガフィウムはどんな味だと思ってンの？」

ニヤニヤ笑いながら虎之助から尋ねられて、稜久は少し考えこんだ。

「たぶん、少しほろ苦くて、花粉《かふん》の味がする」

食用の花を食べたことがあった。菊《きく》や、食べられるバラ、ラベンダーなどは、とてもその花の匂いが強かった。

「だから、まずは軽く湯がいて、ポン酢に――」

「古代ローマでは、大量に食べてたんですよね？」

「古代ローマに、お酢はあったの？」

「水にお酢を加えた『ポスカ』という飲物があったよ。それに、ワインが自然と酸化したのがお酢だから――」

話している最中に、酔ったときのふわふわした感覚以外のものを稜久は感じ始めていた。

――あれ？

時折《ときおり》、ドクンと大きく鼓動《こどう》が跳ね上がる。奥にあった皿を取ろうと乗り出したときに、ぞくっと下肢から服が擦れる感触が広がって、稜久はたまらず息を呑んだ。

そんな表情に、龍之助がめざとく気づいた。

「稜久。どうかしましたか？」

尋ねられて、ハッとする。

これは、発情したときの症状に似ているような気がする。だが、発情期が終わってまだ一週間だ。数ヶ月に一回しかこないはずなのに、これはいったいどうしたことなのだろうか。

――だけど、オメガの因子が発現したころは、周期が不安定だって聞いた。

「何でもない」

そう言ってごまかそうとしたのに、無言で立ち上がった虎之助が稜久の前に回りこんだ。

そっと頬を指先でくすぐられ、それだけでたまらない快感が肌を粟立《あわだ》たせた。稜久はビクッと震えて、その手を振り払う。

そんな稜久の反応を観察していた龍之助が、ため息とともに言った。

「発情してるみたいですね」

「ああ」

一週間で次の周期が来るなんて、最悪だ。

初めての発情期のときは、一週間は動けなかった。今はずっと待っていたオメガフィウムのつぼみが開いたところだ。その大切な時期に寝込むわけにはいかない。

「違う、これは」

それに、また二人の世話になることへの抵抗があった。

前回、二人に優しく慰めてもらった。その記憶は、物心ついてからこのかた、まともに他人に甘えることなく生きてきた稜久にとって、身も心も預けることができた初めての体験だった。

夢うつつに優しく髪を撫でられた記憶や、身体の隅々《すみずみ》まで綺麗に洗《あら》ってもらい、その後で宝物みたいに丁寧に拭いてもらった記憶があった。あのときは身体が動かなくて、無条件で甘えてしまったのだが、理性が戻ってきた今となっては恥ずかしい。

――だって、……あんな……。

大の大人が、赤ちゃんみたいに面倒を見られたのだ。よっぽど信頼できる相手でなければ、全てを託《たく》せるものではない。普通ならばその相手を探すのが大変だろうに、この二人が苦も無くその役割を引き受けてくれたのも問題なのだ。

自分が一方的に借りを作ってしまった気がする。二人とは対等でありたいのに。

だが、そんな稜久の屈託《くったく》が、二人には理解できないようだ。

「違う？　何が違うんです？」

「オメガのそれは生理的なものなんだから、恥ずかしがる必要はねーだろ」

二人がかりで言われて、ぐっと詰まった。だけど、この二ヶ月が過ぎたら、二人は自分の前からいなくなる。そうなるのがわかっているのだから、一人で対処《たいしょ》できるようになっておかなければならない。

「だって、……おまえたちとは、番じゃない」

「稜久には、番はいねーだろ？」

「誰か、番になる相手でもいるんですか？」

「そんなの、いないけど」

何だか身体の不調も相まって、不意に泣き出しそうになった。

自分には番はいない。そのあてもない。そのことがやけにむなしく胸に染みる。番がいたら、こんなときに遠慮なく甘えることができるのだろうか。

「早く、……番を見つけなきゃ」

吐き出す息が熱くなっていくのを感じながら、稜久はテーブルに手をついて、ゆっくりと立ち上がった。

せっかくのクリスマスイブの日を、こんな形で終わらせるのは残念だと思いながら、稜久は声を押し出す。

「今日はこのまま解散《かいさん》してくれ。一人で、……どうにかするから」

「どうにかって」

「どうにかなんの？」

「つらいって聞きますよ？」

「遠慮《えんりょ》なく甘え――」

「うるさい！」

思いがけず、強い声が出た。

稜久はその声に自分で驚き、唇を噛んだ。余裕のなさから、こんな失礼な態度に出てしまった。二人には感謝しているというのに。

慌てて、深く頭を下げた。

「すまない。……とにかく、大丈夫、だから。……今日は、放っておいてくれ。このまま休む」

ふらりと立ち上がって、隣室に向かった。パーティをしていたのが自分の部屋で良かった。こんな大したことのない距離でさえ、歩くのが精一杯だ。

壁を伝うようにして寝室にまで移動し、ドアを閉じてベッドに転がりこむ。身体の熱さに、じわじわと悔《くや》し涙があふれた。

――どうして、……オメガになんて、なったんだろう。

ベータオスのままか、アルファオスが良かった。こんなふうに発情の熱に浮かされるのが許せない。ずっと性欲とは無縁《むえん》で生きていただけに、こんなふうに身体が勝手に暴走《ぼうそう》することに慣れず、ことさら苦しくなる。

「は、……は……っ」

熱い息を吐きながら、ぎゅっと手を握《にぎ》りしめた。前回、二人に疼く身体を慰めてもらったときの感触が蘇った。

二人の手が稜久の身体の隅々にまで触れ、濡れきった後孔にまで入ってきた。乳首をさんざん舐められた。その記憶が蘇るたびに、やるせなさに身体が疼く。

発情期が終わったあと、二人は何事もなかったかのように稜久に接してきた。それが稜久にとっては救いであり、奇妙な後ろめたさにもつながった。

一番いいのは、早く相手を見つけて番になることだ。そもそも発情期は番とセックスして子を孕むための期間であり、相性のいい相手を見つけるために強いフェロモンを放つとされている。

オメガになったならば、発情期の熱を落ち着かせるためにも、一刻《いっこく》も早く番を見つけたほうがいいとされていた。そんなふうに世間で言われていることを、稜久はオメガについての小冊子を読んで初めて知った。

――だけど、番なんて本当は欲しくない。

自分には大切な双子の友人がいる。彼ら以外に親密《しんみつ》な関係の相手は、必要ない。

――それでも、……子供は必要なんだ。

ふらつきながら稜久はベッドから降り、キッチンを横断してシャワールームへと向かった。双子はパーティの片付けをしてくれていたが、彼らに言葉をかけるだけの余裕はなかった。まともに顔も上げられず、無言で通り過ぎる。

シャワーを頭から浴び、その水の冷たさに身体が少しだけ落ち着いた。それでも、後から後から疼きがこみあげてきて、なかなかシャワーから出られない。

どれくらい時間が経《た》ったかわからなくなったころ、不意に稜久は叱りつけるような声と同時に、身体を強く引っ張られた。

「ちょっと！　何してるんです、あなたは！」

「ガチガチに冷え切ってる」

浴びていた冷水が止められ、稜久の身体はバスタオルに包みこまれた。

異変に気づいて駆けつけてきた双子に背後から強く抱きすくめられたので、稜久は身動きが取れなくなる。

「……ごめん……」

ぼんやりとしながら謝《あやま》ったのだが、何について謝ったのか、稜久自身にもよくわからなかった。

まともに声も出ないほど歯が震えていたが、じわじわとまた火照ってくる。

稜久の身体を背後からつかんでいる龍之助の身体が、ひどく意識された。引きしまった、たくましいオスの身体だ。

バスタオル越しに触れ合っているだけでもたまらなくなってきたので、稜久は落ち着かなさに身じろぎした。

「……も、……大丈夫……だから」

「そうですか？」

身体からじわじわと広がっていく疼きは強すぎて、性器を手でなぶりたい欲望が強い。

だが、龍之助が手を緩《ゆる》めると、稜久は身体を支えきれなくなって、ふらついた。

バスルームの壁に側頭部が触れ、頭を擦りつけるようにしてずるずると座りこむ。そのとき、何か甘ったるい匂いを嗅ぎ取った。

それを吸いこんだ途端、身体の芯《しん》がズキズキと疼く。

——なんだ、これ。

稜久は床で両膝《りょうひざ》を抱えこんだ。

触れてもいない性器がガチガチになっていたから、まずはそれを隠したかったのだ。

「大丈夫ですか」

龍之助が話しかけてきても、顔を上げないまま、ただうなずくことしかできない。何でもないように取り繕《つくろ》いたいのだが、腰が抜けたようになって、立ち上がることもできない。

「いい……から、……放っておいてくれ」

「放っておけるはずないだろーが」

「意地を張らずに、甘えていただきたいのですが」

「たまに意固地《いこじ》になるよな」

そんなふうに言いながら、二人が稜久の身体の脇《わき》に屈《かが》みこんだ。

「とりあえず、ベッドに移動しましょうか」

「もう火照ってるから、暖《あたた》めなくても大丈夫みてーだな」

「末端《まったん》は冷えてるけど」

そんな言葉とともに、二人の手が伸びてくる。最初はその手を振り払っていたものの、四本の手には逆らえず、担《かつ》ぎ上げられて運ばれた。

下ろされたのは、自分のベッドだ。

稜久の髪をバスタオルで包みこんで拭きながら、龍之助が慰めるように言ってきた。

「こういう不定期なのは、一週間続くオメガの発情期とは違って、一過性で済むって話ですよ」

「苦しいだろうから、一過性で済めばいいよな」

慰めるように虎之助が言って、稜久の頬に手を伸ばしてくる。

かすかに残った思考力で、稜久もこれが一晩《ひとばん》で終わることを祈《いの》るしかない。

「苦しいでしょうから、慰めてもいいですか」

真摯《しんし》に話しかけてくる龍之助の目を見上げて、稜久は小さくうなずいた。どうにか一人でやり過ごしたかったが、シャワーを浴びたぐらいでは無理だった。自分の身体に触れてくる二人の思いやりを感じると、どうしても拒《こば》み続けることができない。

小さくうなずくと、二人がそれぞれに頭を抱き、慰めるようにそっと撫でた。それから、疼いてたまらない胸元に吸いついてくる。

「ツン！　……ぁ、……んぁ、……あ……っ」

虎之助は左側で、龍之助は右側だ。

そういえば、前回もそうだった。二人が稜久の左右に立つときには定位置があって、こんなときにもそれが影響《えいきょう》しているのだと気づく。

まだ皮膚の中に埋もれている乳首をほじくり出すように舌を使われると、びくんと身体が跳ね上がってしまう。この状態でも感じるのだから、またそこが外に飛び出して、直接舐《な》められたときはどれくらい感じてしまうのだろうか。

皮膚の中でどんどん小さな粒が育っていく感じがあった。いつ外に出ても不思議じゃないところまで追い詰めたときに、虎之助が言った。

「どっちが先に出せるか、競争しようぜ」

「僕のほうに決まってるじゃありませんか。負けませんよ」

そんな言葉とともに、二人に猛然《もうぜん》と乳首を吸われて、稜久はびくびくと反応せずにはいられなかった。

「んんっ、……あっ！　そんなに、……吸うな……！」

乳首の粒が体積を増しているのはわかったが、あとどれくらいで外に出るのかわからない。だけど、あと少しでその粒が二人の舌先に触れそうな感じもあった。

そこに指を伸ばそうとする虎之助を、龍之助が素早《すばや》く牽制《けんせい》した。

「指で引っ張るのはなしです」

「わかった。あくまでも、唇だけで」

「どう判定します？　こっちは、だいぶ頭が見えてきましたが」

「完璧に尖《とが》って飛び出すまで、じゃね？」

せわしなく唇と舌を動かす最中に、二人はそんな言葉を交わしていた。その間にも、稜久の乳首は皮膚の中から少しずつ顔を出していく。

「っん、……ああっ！」

外に現れたばかりの先端を、ざらつく舌先に直接舐められたときが一番感じた。その一点に全神経が集結したかのように、ぞくぞくっとした甘狂おしい戦慄《せんりつ》が抜ける。

「ンー　っ……あ、……ダメ、それ……」

二人の舌になおも丹念《たんねん》に小さな粒を舐めしゃぶられ、そこがビンビンに尖っていく。最後に仕上げをするかのように、二人揃って軽く歯を立てられ、引っ張られた。

いきなり走った強い快感に、稜久は言葉もなくのけぞって達した。

「ぁああっ……！」

その反応には、さすがに二人も何が起きたのか気づいたようだ。

「え？　稜久、もう……？」

「乳首だけで、イっちゃったんですか。可愛いですね、感じやすくて」

そんな言葉を聞きながら、稜久は恥ずかしさでいたたまれなくなった。

いくら敏感すぎるといっても、乳首だけで達するなんて、自分でもあり得ないと思う。だが、それくらいこの身体は感じやすくなって、もっと感じさせてもらいたいと疼いてくる。

「だけど、せっかく外に出てきてくれたのですから、もう少しいじりましょうか」

「くわえやすくなったしね」

もはや快感の塊と化したそこを優しく舌先で転がされ、唾液《だえき》をまぶされ、軽く歯を立てられる。

左右それぞれの刺激に、稜久はびくびくと震えながら耐えるしかなかった。

「っや、……っぁあ、……んぁああ……ん……っ」

下肢にはまるで触れられない。吐き出したものをあっさり処理《しょり》されて、そのままだ。乳首の上で二つの熱い舌がうごめくたび、そこから流れこむ快感に、稜久の身体はなおも溶け落ちていく。

力の入らない両方の手首をやんわりと左右から押さえこまれ、性器に触らせてもらえないもどかしさが、乳首の感覚をますます研《と》ぎ澄《す》まさせる。

「左の乳首のほうが、稜久の反応が良いぜ」

「そんなことはないでしょう。右のほうで、より感じていますよ」

交わされた言葉を立証《りっしょう》しようとするかのように、ますます熱心に乳首を舐め立てられた。どちらがより悦いとか、稜久にはもはやわからない。

両方の突起から送りこまれてくる気持ち良さに、ただ溺《おぼ》れていく。

新たな波にさらわれそうになって、稜久の膝がもじっと動き、性器が熱く痺《しび》れた。これは射精の前触れだとすぐにわかったのだが、そこよりももっと疼くところがあることに、稜久は気づいていた。

そこは前回、龍之助と虎之助に指でさんざん掻き回されたところだ。

発情期の三日目ごろには、指だけではなくて、発情期のオメガ用の特別な玩具《おもちゃ》を入れられて、動かされた記憶がある。

だけど、玩具は苦手だった。それだけはして欲しくない。だが、二人の指だけで足りるのかと思うと、わからなくなる。

稜久は浅く息をすることで、身体に蓄積《ちくせき》されていく快感をどうにか逃そうとした。それでも欲望は外に現れてしまうらしく、ベッドの上でもがく足を見て言われた。

「おねだりしているように、膝が開いてるけど」

虎之助の手が太腿《ふともも》の内側に伸び、付け根まで移動していく。その指を入れられて、思う存分掻き回されたいという欲望がこみあげてきた。

反対側の膝も龍之助に抱えこまれ、稜久の足はM字形にぱっくりと開かれてしまう。濡れきった足の奥ばかりが意識されたが、番になれない相手に淫《みだ》らなことをねだってはならない。

だが、乳首を吸われるたびに膝が揺れ、次の波に攫《さら》われそうになった。

「っん、ん、ん、ん……っ、乳首、ばかり、……やめ、……ろ……っ」

もっと穏《おだ》やかに、身体を落ち着かせて欲しかった。こんなに急激に身体を昂《たかぶ》らせるのではなく、眠りにつくときにそっと髪を撫でるように。

だが、身体はますます強い刺激を欲して、奥から蜜を吐き出していた。そこに指を入れられることなく焦らされ続けたら、自分はきっとどうにかなってしまう。

「乳首、ダメなの?」

「こんなにも、吸うのにちょうどいい形に尖ったというのに、ですか?」

二人は、稜久の身体の中心で、物欲しげに蜜を垂らしながらそそり立っている部分には、一切触れてこない。そこに触れていいのは番だけだからだ。そこに吸いついて直接、精液をすることが、番の行為となる。

だから、稜久のそこは恥ずかしくも吐き出した蜜に濡れて、びくびくとむなしく脈打《みゃくう》っているしかないのだ。

「乳首じゃ、なくて、その……奥……」

ついに、稜久は耐えかねて、ねだった。

「ここ？」

その途端、ぬるん、と指が中に入りこんだ。反対側からも、もう一本の指がぬかるんだ中に押しこまれる。

「っぁあ！」

ずっと刺激が欲しかった場所だけに、二本の指が掻き立てる気持ち良さに、何もわからなくなった。稜久はもっと指の刺激を欲しがって、ぎゅうぎゅうと締めつけてしまう。

「っは、……んぁ、……は、……ン」

「すごく欲しがり屋さんになりましたね。稜久のここは」

「指だけじゃたりなかったら、アレも入れる？」

アレ、という言葉が、前回入れられた玩具だと稜久にもわかったので、大きく首を振った。

「アレはやだ」

気持ちがいいあまりの拒絶と、心からの拒絶との区別は、二人にはつくらしい。前回、泣いて嫌がったのもあってか、困惑《こんわく》したような言葉が続く。

「だったら、アレはやめましょう。にしても、困りましたね」

「指だけで治まればいいんだけど」

入りこんだ二人の指は小刻みに出し入れされて、襞の疼きを癒《い》やすように掻き回す。だけど、刺激されれば刺激されるほど、そこは物欲しげに疼いてきた。

それだけでは、足りない。もっと強い刺激が欲しい。

「ッン、……ン、ン……」

そんな稜久の様子は、漏らす声や表情から伝わったらしい。どうすればこの身体の疼きが治まるのか、稜久自身にもわからずにいた。ただ苦しさに、涙ばかりあふれた。

「たす……けて」

気づけば、そんな言葉まで漏らしていた。

だが、この二人なら、きっとどうにかしてくれるはずだ。いつでも稜久を助けてくれてきた。そんな信頼がある。

すると、二人が何だか思い詰めた顔で視線を交わし、龍之助が稜久の背中のほうに回りこんだ。背後から稜久の上体を抱えこむようにベッドに身体を割りこませてから、左右の乳首の両方に指を伸ばしてくる。

「ッあっ」

舌や唇とは違う、指によるしっかりとした刺激を与えられて、稜久はあえいだ。

同時に身体に力が入り、後ろから指が抜け落ちて、とろりと蜜が押し出される。その蜜が足の狭間を伝い、焦れったさをますます掻き立てた。

そこに何もない状態に耐えられそうもない。早く指を入れて欲しくて視線を向けると、足の間に陣取った虎之助が、稜久の膝を抱えこみながら、どこか切なそうな眼差しを向けてきた。

「入れていい？　オレの」

すぐには、何のことだかわからなかった。

だけど、すぐに男性器のことかもしれないと思い至る。それには抵抗があるはずなのに、不思議と身体が熱く疼いた。ひくひくと身体の奥のほうが疼いて、制御できなくなってくる。

――ダメ、だ……。そんなの……っ、入れられる、……なんて……。

「稜久に、番になる気がないのはわかってる。……精液が入らないように、……ゴムするから」

番になるためには、互いの性器から精液を飲み合う。それ以外に、直接、体内に注ぎこむ方法もあると小冊子に書かれていた。だが、飲み合うよりも不確実だから、その後でちゃんと飲み合ったほうが良いそうだ。

――入れるの？　虎之助が、……俺に？

考えただけでも、脳が沸騰する。それは、セックスに他ならない。そこまで虎之助や龍之助にさせるわけにはいかないから、玩具でいいと言わなければならない。玩具は番のいないオメガ用に作られた医療器具だ。

だけど、虎之助の熱いものを体内に入れられると思っただけで、襞がジンと灼《や》け、太腿が震えてきた。

――欲しい……。

そう思ってしまう。

どうしても、拒む言葉が出てこない。

「いいんだ？　本当にいい？」

そんな稜久の反応に何かを察したのか、虎之助が確認するように繰り返して、稜久の額の髪を掻き上げた。無言で小さくうなずくと、額にそっとキスをして、両足を抱え直す。

「大丈夫。玩具は入ったんだから、力を抜いてて。痛いことはしないから」

そんな優しい言葉をかけられ、稜久はじわじわと泣いてしまう。普段は泣くことなんてないのに、こんなときは感情の制御《せいぎょ》ができない。

乳首をあやすように背後から指先で転がしながら、龍之助が優しくささやいた。

「双方の同意さえあれば、発情したときにこうやってオメガを慰めるのは、法的にも問題がありません。つまりは、医療行為やマッサージ行為のようなものです。中に出されず、精液も飲まずにいたら、番になることもありませんから、安心してください」

稜久を背後から抱きしめ、乳首を優しく扱う龍之助の手つきは、とても柔らかだ。ただひたすら気持ち良さばかりを掻き立てられ、そのまま身を委ねたくなる。

――医療行為……みたいな、……もの？

だったら甘えていいのか、それとも甘えすぎになるのか、頭がぼんやりした状態では、稜久にその判断がつかない。

不思議と胸がキュンキュン痛い。何かが満たされていないような感覚がありながらも、それでも下肢の疼きに耐えかねて、目の前の虎之助に視線を向けた。

——助け……て……。

目を閉じると、また涙が一筋《ひとすじ》流れる。

そんな稜久に、虎之助が正面から唇を寄せてきた。

「大丈夫。……ただ、力を抜いていれば、それでいい」

男っぽい端整な顔でささやかれると、その言葉に従いたくなる。

疼くそこに、指ではないもっと熱いものが欲しかった。

「ン、……わか……った……っ」

うなずいて、稜久は力を抜く。

虎之助が下肢をくつろげる気配があった。

背後からの龍之助の指が、稜久のぷっくりとした乳首をそっとつまみ上げては離し、指の腹でくすぐってくる。その感触に溺れている間に、準備を整えた虎之助が、稜久の膝の後ろをつかんで、大きく足を広げさせた。

濡れきった部分に虎之助の硬い熱いものを押し当てられ、たっぷりと蜜をまぶされる気配に、稜久は息を呑んだ。

いくら親友であっても、虎之助のそれをまともに見たことはない。ましてや、今みたいな状態のものは。

想像以上に大きいことに、今さらながらに臆《おく》してしまう。

――入る……?

だが、入り口にそれが触れるたびに、ぞくんと身体の奥まで甘い快感が響いた。それがもたらす未知の快感への期待に、息を呑まずにはいられない。

それを欲しがって、粘膜がひくついた。

「稜久」

聞いたことがないぐらい低くて真剣《しんけん》な声で、虎之助が名を呼んだ。その声の響きに、稜久は震えた。

このまま、進んでいいのだろうか。いくら非常時とはいえ、こんなことをしてしまったら、今まで通りの親友の関係に戻れなくなるのではないだろうか。

だけど、それよりも虎之助の眼差しに息が詰まった。何かを訴えかけているように思えた。

その眼差しが何を伝えようとしているのか理解できずにいるうちに、虎之助の大きな硬いものが、稜久の濡れそぼった粘膜を強引に押し広げて、体内へと侵入《しんにゅう》してきた。

「っあ、……っあ……っ、ンぁ……っ」

奥を進むたびに、息が漏れる。

その圧倒的な存在感に、余計なことは頭から吹き飛んだ。

ゆっくりだったが、虎之助のものは着実に少しずつ奥まで入ってくる。押し広げられた部分がジンジンと熱く疼き、限界まで開いて虎之助のものを包みこんでいく。

「せまい、……けど、……すげえあったかくて、……柔らかい……」

虎之助の余裕のないつぶやきが聞こえたので、少しだけ息を吐き出したとき、中でぬるっとすべる感覚があって、さらに数センチ奥まで呑みこまされた。

「ッ、……んぁあ、あ、あ……っ」

――入ってる……！

入れられる感覚がこんなふうだなんて、想像もしていなかった。

その大きさにまともに息が出来ないのに、やたらと気持ちがいい。疼いていた襞を大きなもので押し開かれることで、そこから全身にじわりと悦楽が広がっていく。

ひたすら気持ち良さしか感じなかったのは、背後から龍之助に絶え間なく乳首をいじられていたせいもあるのかもしれない。そこからの刺激が混じると、体内の感覚が全て甘く変化する。

「ン、……ン……っ」

感じやすい乳首を両方とも器用に指先で転がされているから、力を入れ続けることも出来ない。そんな身体から虎之助が一度腰を引き、返す動きで確実に呑みこませていく。

「っんぁああ、……あっあ、あ、あ……っ」

目尻に涙が浮いていた。

余裕がなくて、よだれも垂れ流しだ。

ゆっくりと小刻みに体内に出し入れされる虎之助の動きを、ひたすら受け止めるしかない。ついに根元まで押しこまれた感覚があったとき、稜久は息を呑んだ。

同時に虎之助が一息つくように動きを止めたので、中からのたまらない圧迫感を覚えながらも、稜久は尋ねてみる。

「……入った……？　ぜん、ぶ……？」

「ああ、今、……根元まで入ってる……」

ひく、とその大きさを確認するかのように、粘膜がからみつく。みっしりとした虎之助の熱いものが、稜久のへその奥のほうまで届いている。

その大きさに、息が浅くしかできない。なのに、痛くはないし、嫌でもない。じわじわと身体がそこから溶けていく。

ガチガチに入っていた力が、少しずつ抜けていった。

「動いても、大丈夫みてーだな」

そんな言葉の後で、入ったものをゆっくり動かされた。

粘膜全体を擦りあげられ、強制的に与えられる刺激に、身体がますます甘く溶けていく。

「……んんんん……っ」

大きな硬いものを体内深くまで打ちつけられているだけではなく、乳首もくりくりと指で転がされている。下肢の勢いとは真逆の繊細《せんさい》な刺激を、身体は敏感に拾い上げた。

虎之助はひどく興奮しているのか、その動きはだんだんと速くなった。

確実に深くまで入りこみ、抜ける寸前まで腰を引いてはまた押しこんでくる。

入れられるのは初めてなのに、痛みはまるでなかった。それどころか、虎之助の張りだしたカリの先で粘膜を刺激されるのがたまらなく、次から次へと快感が湧き上がってくる。

あふれ出した蜜が虎之助の動きを助け、その粘度がさらに気持ち良さを増幅《ぞうふく》していくようだ。

「つんぁ、……は、……っど…う……して……」

不思議に思いすぎて、考えが口に出たらしい。

それを聞きつけたのか、虎之助が視線を落とす。

「何？」

「……きもち……いいの、……どうして、……かって」

言葉にした途端、何だかいたたまれなくなった。

虎之助は甘く微笑み、稜久の唇にそっと口づけた。唇の表面に、淡《あわ》い痺《しび》れが残る。

あまりにもあっさりとキスされたので、稜久は呆然《ぼうぜん》とするしかない。

――キス、……された？　今……？

「気持ちいいのは、……オメガだからじゃね？」

「痛くなくて、良かったですね」

「そう、稜久に泣かれたら、こんなことできねーもんな」

そんな言葉を吐いてから、ますます虎之助の動きが激しくなる。

勢いのまま打ちつけられ、このままだと中だけでイってしまうかもしれない、と思ったときに、不意に虎之助が抜き出した。

――え？

あと少しで達しそうだった稜久は、急に刺激が失われたことに焦って、虎之助を見上げた。

虎之助は快感に表情を歪《ゆが》ませながら、小さくかぶりを振った。

「悪ィ。イキそーだったから」

だが、それで終わりではなかった。虎之助の代わりに龍之助が稜久の身体を抱え直し、そのまま伏《ぶ》せに這《は》わされた。

取らされた体位に狼狽《ろうばい》している間に、背後から濡れたそこを一気に貫《つらぬ》かれる。

「っう、い……ぁあ、……待って……」

新たなものを入れられた衝撃で、稜久はぞくぞくっと震えた。

かなり虎之助と似たものだったが、どこかが違う。それに、今まで刺激されていた場所とはまるで違うところを龍之助の切っ先がえぐっていく。それだけで震えて、腰が落ちそうだ。

まだオスと性交をすることに、頭が追いついていない。

だが、待てと言葉を発したのを裏切るように、襞が物欲しげに新たに挿入されたものにからみついていく。ぎゅうっと強く締めつけて、その大きさを確認した後は、何度もからみついてはほどけ、早く動けとせがむような動きを見せているのが自分でもわかった。

混乱しながら、稜久は口腔内《こうこうない》にあふれていた唾を飲みこむ。

あと少しで達しそうだったのに、それがかなわないまま放り出されたのが苦しくて、身体が切なく疼いていた。

龍之助がルートを確かめるようにゆっくりと何度か抜き差ししただけで、気持ち良さに全身が震えた。

より悦いところに導こうとしてしまうのが自分でも恥ずかしいのに、龍之助の動きに合わせて、自分から腰を揺らしてしまう。

そんな稜久の胸の下に、虎之助が顔を滑《すべ》りこませてきた。

――え？

何をされるのかと驚いているうちに、胸の下に顔を入れられた。虎之助の唇のあたりに、稜久の左の乳首があった。

「っんっ、あっ！」

下から乳首にきゅっと吸いつかれて、稜久はびくっと震えた。慌てて上体を起こそうとしたが、吸いついた唇は離れない。そのまま歯で乳頭を挟みこまれ、ねっとりと舌を這わされる。

その間にも、龍之助のたくましい突き上げは続いているのだ。

「ツン、……ン、……あっ」

背後から突き上げられるたびに稜久は上体を保っていられなくて、虎之助の唇に乳首を押しつける形になった。そのたびに、ぬるりと乳首を舐められる。ずっと歯は立てられっぱなしだ。

そんな虎之助の行為を咎めるように、龍之助が背後から右の乳首に手を伸ばしてきた。

「左ばかりを贔屓《ひいき》して」

「だって、こっち側、可愛いだろ。ちっちゃく尖って、右よりも感じやすい」

「感じやすいのは右側のほうですよ。ちょっと恥ずかしがり屋で、かまってあげないとすぐに引っこみそうになるのも、すごく可愛いらしい」

龍之助は稜久を突き上げるのに合わせて、背後から指で乳首をなぶり始めた。

恥ずかしさはあったが、それを上回る悦楽でおかしくなりそうだ。下肢は限界まで押し広げられて龍之助に貫かれ、敏感な胸の突起も両方とも二人になぶられている。

「んっ、……ん、……ん、……ン」

だんだんと龍之助の切っ先が、より自分の深い位置まで届くことに稜久は気づいた。その奥のほうに、何かがある。

そこを直撃されると、ぞくんと身体が震えて、龍之助のものをきつく締めつけてしまう。

「おく、……なんか……っ」

口走ると、龍之助のほうもその存在に気づいていたのか、言われた。

「オメガの、……新しい器官です。ここに、孕むことができるパーツができていて」

小冊子にもそれについて書いてあったが、それがこれか、思い知らされて、稜久はうめいた。

新しくできた器官を切っ先で突かれるたびに、きゅっと中が締まる。立て続けにそこばかり刺激されると快感が許容量を超えて、腰がガクガクと震えてきた。

「っあ、……っあ、……ダメ、……イク……から……ぁ……っ」

そこへの刺激に弱い。

そこをえぐられるたびに、射精に直結するような刺激が湧き上がり、どこにどう力をこめても耐えきれそうにない。

強く締めつけられる龍之助もそれは一緒なのか、上擦《うわず》った声でささやかれた。

「イってもいいですよ。あなたの中、悦すぎて」

腰が立たなくなるほど感じていたから、背後からがっしり腰を抱えこまれながら打ちこまれると、その快感の逃がしようがない。

稜久は龍之助に導かれるまま、一気に絶頂まで駆け上がった。

「っんぁあああ、あ……あ……っ」

最後の一瞬、虎之助と同じように抜き取られてしまうのだろうか、と不安になる。

だが、龍之助はとどめを刺すように、稜久の奥まで容赦《ようしゃ》なく突き上げ続けた。

それに合わせて虎之助に強く乳首に歯を立てられ、その二カ所からの快感が腰の奥で混じり合って、ついに爆発《ばくはつ》した。

「っぁあああんぁ、……あ……っ」

稜久はびくんびくんと何度か痙攣《けいれん》してから、脱力した。

龍之助がそんな稜久の体内から、まだ熱いものを抜き出す。中で出されたが、龍之助もゴムをつけていたから大丈夫らしい。

もはや、くたくたで指先も動かしたくないほどなのに、龍之助をくわえこんでいたところが物欲しげにうごめいた。欲しがるようにきゅっと収縮しては、柔らかな入り口を広げる。

そんな稜久の身体を、虎之助が愛しげに抱き寄せた。稜久の身体をベッドに横向きに寝かせ、はぁはぁと息を整える稜久の顔をのぞきこんで、尋ねてくる。

「まだ欲しい？」

身体がなおも欲しがっているのを自覚していた稜久だからこそ、うなずくしかない。

途端に足を抱え直され、まだ息も整わないうちに貫かれた。

「っぁあああ！　……んぁ、まだ……」

欲しいことは欲しいが、立て続けなのはつらい。

そのはずなのに、待ちかねたように襞が虎之助のものにからみついた。奥のほうを小刻みに突き上げながら、虎之助が笑う。

「稜久の悦い顔を見たら、我慢できなくなって」

「虎之助は『待て』ができませんからね。だからこそ、最初を譲ってやったのに」

「だって、あんな悦さそうな顔をされたらね」

整った顔で爽やかに微笑まれると、稜久も反論できない。

達したばかりで、ことさら感じやすくなっている粘膜を大きなもので掻き回されると、その気持ち良さにいちいち腰が跳ね上がってしまう。

虎之助にも、先ほどひどく感じた奥の器官を探り当てられた。

「そこ、……だめ、……だからぁ……っ」

「ここ、あんまりえぐると、苦しい？　どうしても当たるんだけど」

「……くるし……けど、……気持ち……い……っ」

泣き出しそうになりながら、稜久は正直に告げた。

気持ち良すぎて、頭がおかしくなりそうだ。

えぐられるたびに身体の奥がきゅっと縮《ちぢ》んで、快感がこみ上げてくる。

虎之助はその深い部分を集中的に刺激したくなったのか、稜久の身体を反転させ、背後から抱き上げた。

「ぅあああっ！」

ぐっと串刺《くしざ》しにされる体感に、稜久は身震いする。

大きく足を広げ、虎之助の腰に乗る形になっていた。この体勢は動きにくいだろうと思っていたのに、強い体幹《たいかん》と筋力がある虎之助にとってはそうでもないらしい。

されるがままに激しく背後から突き上げられると、上下する視界と、むごいほどに貫かれる感触に、うめきしか漏れなくなる。

身体を何度も上に投げ上げられ、それが落ちるのに合わせて、下からぐさりと突き刺された。

「っ、ダメ、……そこ、……深すぎ……っんん、……ぁあああ……っ」

落下する身体を止めたいのに、稜久はなすがままに揺らされるしかない。

そんな稜久の前に移動してきた龍之助が、頭を両手で支えて口づけた。

「ツン……っ」

反射的に唇を閉じる。番でもないのに、キスをしてはいけないという意識があったからだ。

龍之助は閉じた唇を無理やり開かせようとはせず、稜久の唇の表面をそっと舌でなぞってきた。

肌がざわめくような刺激と息苦しさによって、自然と唇が開く。

それを待っていたかのように、口の中に舌が押し入ってきた。

「ふ、……ふ、ふ……っ」

初めての舌のからむキスに、稜久は戸惑う。龍之助の舌はまるで軟体《なんたい》動物のように稜久の舌に触れた。だが、その舌はひどく甘く、熱かった。

下肢から送りこまれてくる暴力的な快感とは裏腹の舌の甘い刺激に、稜久は我を忘れる。自然とその舌の動きに合わせて、自分でも舌を動かすようになっていた。

そんな稜久の乳首にも、二人の指が伸びていく。

「っぁ、……っん、ん」

舌を深くまでからめながら、乳首をきゅっと引っ張られた。そこからキュンと広がる刺激に、稜久は強く龍之助の舌を吸った。

「ふ」

すると、お返しのように龍之助のほうからも舌を吸われる。くちゅくちゅと舌が絡まり合い、飲みきれなかった唾液が口の間からしたたった。

そんなキスをしている最中にも、下肢は大きく虎之助によって上下させられている。

四本の手で支えられてはいたが、どうしてもバランスが取れなくて、身体から力が抜けない。

自然と中がきゅっと締まり、より虎之助の存在を体内で感じ取ることになる。

龍之助は強く舌を吸いながら、口腔内を余すことなく舌で探ってきた。呼吸が苦しくなりすぎて顔を背《そむ》けると、その唇は右の乳首まで移動した。

硬く凝《こ》りきった乳首を細かく舌先で舐め立てられ、それに混じる下肢の突き上げに、稜久は大きくのけぞった。

「っんんんん、……っんぁ、……あ……」

性器には二人とも決して触れてくれないから、それ以外の刺激で達するしかない。

それでも腰に満ちる悦楽が膨れ上がって、稜久の中がきゅううっと締まった。

「ッあっ、……あ……っ」

稜久が達するのに合わせて、虎之助も中でゴム越しにイクのがなんとなく感じられる。

だが、そんな稜久の身体を正面から強く抱きしめて、龍之助が言った。

「まだ足りないのなら」

続けましょう、と誘ってくる。

これ以上イクのは無理だ。そう思ったけれど、虎之助のものがぬるんと体内から抜けていっただけで、身体が疼いてしまう。

乳首も尖って、まだ足りないと訴えてきた。

――これは、……何だ。

稜久は戸惑いながら、龍之助に視線を向ける。

何もかも承知したようすで、龍之助は稜久の身体をベッドに組み敷いた。

また深くまでぬるんと押しこまれたら、もはや甘い吐息を漏らすことしかできなかった。

〔四〕

クリスマスのお祝《いわ》いをした翌日には、稜久《りく》の発情期《はつじょうき》は去っていた。

まだ周期が落ち着かず、龍之助が言っていたように、不定期にやってくる一日だけの発情期だったらしい。二人のおかげで落ち着いたものの、朝から身体がガタガタだった。

腰は痛いし、まだ体内に何か入っているような感覚がある。あれだけ動かされたのに粘膜《ねんまく》にヒリヒリとした痛みが残っていないのは、それだけ大量の蜜《みつ》をあふれさせていたからだろう。

オメガフィウムの世話は龍之助《りゅうのすけ》がしてくれると言ったので、稜久はぐったりとして二度寝した。

その後で稜久が研究室《けんきゅうしつ》に向かったのは、午後を少し回った時刻《じこく》だった。

オメガフィウムがつつがなく育っていることを確認してから、次に採取《さいしゅ》した匂《にお》いを分析器《ぶんせきき》に掛けようと思う。

だが、龍之助と虎之助《とらのすけ》はオメガフィウムの実験資材の調達のために、対岸の都市まで出かけてくれたらしい。

一人で動くのはどうだろうか、と稜久は考える。

まだ稜久の身体からは、昨夜《ゆうべ》、発情したときのフェロモンが放出されているかもしれないと、龍之助が朝に注意していた。

空調がしっかりしているから研究室に出入りするぐらいは問題ないかもしれないが、できるだけ他の研究室のスタッフとは接触しないほうがいい。そう言われたのを覚えている。

だが、二人が戻ってくるまで待ちきれない。

――だって、匂いを嗅《か》ぎたいんだ……！

この研究所内で共用で使う高価な精密装置《せいみつそうち》は、『精密機器分析室』という部屋にまとめて置かれていた。

そこはあまり人が出入りすることはないから、ちょっとぐらいなら危険はないはずだ。

――とは思うけど、一応、誰もいないか、確認しておくか。

そう考えた稜久は、その部屋にある装置の予約状況《じょうきょう》を所内のネット経由で確認した。自分が使う装置の予約を入れるのと同時に、他の装置の使用状況もチェックしておく。

――やっぱり、他の予約は入ってないから、無人のはず。

そう判断して、稜久は席を立った。一刻《いっこく》も早くサンプルを装置にかけたくて、たまらない。

視線の先には、実験室のオメガフィウムがあった。今は昼だからつぼみは閉じているが、夜間になるとつぼみは開いて、巨大《きょだい》な花を咲《さ》かせている。

そこから、どんな匂いが放たれているのだろうか。造形からすると、蘭《らん》などに似た甘い芳香《ほうこう》のように思える。それとも、悪臭《あくしゅう》に近かったりするのか。

――芳香と悪臭は、紙一重《かみひとえ》だし。

かつて世界最大の花の匂いを嗅いだときのことを思い出す。二人は最悪だと言っていたが、稜久にとっては、ある種の芳香でもあった。

三重のガラスに隔《へだ》てられたオメガフィウムの花の匂いを直接、嗅ぎたくてたまらなくなり、稜久はサンプルを手に、分析のために部屋を出て行く。

そのまま廊下《ろうか》に出て、早足で歩いた。

この研究所なら稜久が歩いた後も空気は入れ替えられ、フェロモンは残らないはずだ。

廊下には、すれ違う人はいなかった。

そもそもこの研究所はどこも、最低限の人数で運営されている。皆が忙《いそが》しく立ち働き、成果を出そうと必死だ。他人のことなど気にしている余裕はないはずだ。

そう思うと、稜久の全身から緊張《きんちょう》は消え、いつものように白衣のポケットに両手を突っ込んで気楽に歩けるようになった。

オメガになったという確定連絡を受けてから、ずっとどこかに緊張があった。

――過保護《かほご》なんだよな、双子たちは。

だけど、いざ出てしまえば大したことはない。このままサンプルを分析機器にかけ、その結果が出るころには、二人は戻ってくるだろう。

無害だとわかったら、一緒に実験室に入って、オメガフィウムの匂いを嗅いでみたい。二人はいい匂いだと言ってくれるだろうか。それとも、世界最大の花を嗅いだときのように、顔をしかめるのか。

――楽しみだな。

そう思いながらうきうきと精密機器分析室の扉《とびら》を開けた稜久だったが、整然と並んだ機器の間を抜けていく最中で、ふと足を止めた。

立ち並ぶ機材の向こうに、人の気配があった。

そのまま数歩後ろに下がって、機材の間をのぞきみると、相手も稜久の気配に気づいたのか、こちらのほうを振り返った。その白衣の人物が誰なのか、稜久はすぐにわかった。

――澄川聖岳《すみかわせいがく》……！

要注意だと、爺《じい》やが双子たちに告げていた人物だ。この研究室で顔を合わせるたびに、何かと言い寄ってきていた。

双子に負けないぐらい長身だったが、その姿に爽《さわ》やかさはない。気障《きざ》ぶって伸ばしている前髪が鬱陶《うっとう》しい。自分でもその前髪が邪魔《じゃま》なのか、何かと顔を左右に振ってしゃべるから、イライラすることこの上ない。

聖岳だとわかるなり、稜久は挨拶《あいさつ》もせずにその場から離れようとした。

あの顔を見たくないし、話すだけ無駄《むだ》だ。そう判断して、目指す分析装置に向かって歩く。

その装置のところまでたどり着き、高性能の機器にサンプルをセットして、分析結果が出るまでどれだけかかるのかを確認していたときだ。

不意に人の気配に気づいて振り返った。

そこに立っていたのは聖岳だ。うざいやつにからまれそうな気配を察して、稜久はぐっと顎《あご》を高慢《こうまん》にもたげた。

「何か、用か？」

聖岳はその声にこめられた拒絶《きょぜつ》を、完全に無視《むし》した。あからさまに、俺にかまうな、という態度をとり続けているのだが、鈍《にぶ》いから稜久からずっと嫌われているということにすら気づいていないのかもしれない。

不思議《ふしぎ》そうに顎をあげて、空気中の匂いを嗅ぐような仕草《しぐさ》をした。

「なんか、いい匂いがしないか？」

その言葉に、稜久はギクリとした。

アルファオスにとって、オメガオスの匂いはたまらなく官能的《かんのうてき》だと聞いたことがある。そういえば聖岳もアルファオスだ。自分がオメガオスだということは、隠《かく》したい。

稜久は苦虫《にがむし》をかみつぶしたような顔をして、素っ気なく首を振った。

「何も感じないが」

チラッとモニターを見る。

結果が出るまでは、あと三分ほどかかるようだ。

だが、視線を戻したときに聖岳が稜久との距離をさらに縮《ちぢ》めていることにギョッとした。近づくなと牽制《けんせい》するようににらみつけると、また尋ねられる。

「おまえ、何か、綺麗《きれい》になってないか？」

「は？」

思わず、呆《あき》れきった声が漏《も》れた。それだけでは治まらず、立て続けにまくし立ててやる。

「オスに対して綺麗だなんて、褒《ほ》め言葉にもならない。そんなのは口説《くど》く相手に言ってやれ」

聖岳は稜久のその言葉を受けて、居心地悪《いごこち》そうに身じろいだ。

そのとき、聖岳がいたほうから、機械がピーピーと音を鳴らす。非常音だ。

サンプルの入れ方がマズかったか、偏《かたよ》りでもあったのだろう。慌《あわ》てて聖岳がその分析機器のほうに戻っていくのを見送ってから、稜久は自分が使っている機械のほうに向き直った。

「壊《こわ》すなよ」

ぼそっとだけ、独《ひと》りごちる。

ここにあるのは億《おく》単位の機械ばかりだ。使い方が下手で壊されたら、こちらにも迷惑《めいわく》がかかる。

稜久のほうの機械も、そのとき小さく音を発した。分析結果が出たらしい。

サンプルを回収し、データをタブレットに転送してから、稜久はそのデータを眺《なが》め、研究室へと戻った。

まずチェックしたのは、人体に有害《ゆうがい》な成分がないかどうかだ。

そこは問題なかったので、香気成分の発散《はっさん》量と内生量を確認していく。発散量には、昼夜の違いが見られるようだ。花が開いている夜に、強く香っている。強く香るのは特定の昆虫《こんちゅう》などを惹《ひ》きよせるためだろうが、どんな昆虫がオメガフィウムの花粉《かふん》を運んでいたのかと思うと、想像が広がっていく。

そのとき、不意に研究室のモニターが鳴った。通話の知らせだ。

双子かと思ってそのテレビ電話システムを開くと、先ほど会ったばかりの聖岳の顔がモニターに映し出された。

――は？


失敗した。夢見るようだった稜久の表情は、瞬時に苦虫を噛《か》み潰《つぶ》したものに変わる。

『おまえ、オメガになったんだって？』

いきなりぶしつけに尋ねられた。

しかも疑問形ではなく、からかいに近い響《ひび》きを孕《はら》んでいる。

先ほど会ったときに何らかの異変を感じ取って、聖岳は稜久のことを調べたのかもしれない。

財閥《ざいばつ》の御曹司《おんぞうし》だから、それなりの情報網《じょうほうもう》は持っている。

稜久は前田財閥《まえだざいばつ》系列の病院ではなく、ここから一番近い病院でオメガの確定診断《かくていしんだん》を受けていた。

おそらく、そこから情報が漏れたに違いない。

「だったら、何だ」

稜久は愛想《あいそ》の欠片《かけら》もなく応じた。

わざわざプライベートな情報を調べられるのは不愉快《ふゆかい》だし、自分がオメガだと聖岳に知られることで、良い結果がもたらされることはないような気がしてならない。

そんな予感がしたからこそ、高々と腕を組み、この上もない不快感《ふかいかん》を全身で示してやったというのに、聖岳はかつてないほどの笑顔を浮かべた。

『デートしようぜ』

「嫌だ」

即答《そくとう》だった。

この絶海《ぜっかい》の孤島《ことう》の研究所《けんきゅうじょ》やその周辺にはろくな娯楽施設《ごらくしせつ》がなかったが、この男の娯楽になるつもりはさらさらない。そもそも聖岳という男は、友人としても付き合いたい相手ではないのだ。ましてや交際相手なんて、考えるまでもない。

『そう言わずに。館内の映画が、新しいものになったって知ってるか？　一緒に――』

「おまえとは、絶対に一緒に行かない」

言い切るなり、稜久はカメラ通話の画面をぶった切った。これからは、誰からか確認してから通話に出ようと決める。

――にしても、俺がオメガだと知った途端《とたん》に、これか。

聖岳は論外《ろんがい》だが、いずれはアルファと結婚《けっこん》しなければならない。そう思うと、ため息しか漏れない。

この研究所内には、各大企業内の競争を勝ち抜いたエリートのアルファが揃《そろ》っている。子供を作らなければならないのだから、誰かいいやつがいないかと考えてみた。

――性格に難があったり、偉《えら》ぶってたり、我《わ》が儘《まま》そうだったり、マウント取りたがるヤツはお断り。生理的に無理なヤツも避《さ》けたいし。

ベータオスのときは、三十になったら粛々《しゅくしゅく》と見合いをするつもりだったのに、オメガになってみると、何かと好みがうるさくなっていることに気付く。

親に見合いをさせられた相手が生理的に無理なヤツだったら面倒《めんどう》なことになるから、その前に自分で選んでおいたほうがいいだろうか。

可能ならば、好きになれる人がいい。一緒にいて、楽しい相手が。

――楽しいといえば、……双子か。

そこまで考えてみて、稜久はぞくっと、身体の内側に痺《しび》れが走るのを感じた。

双子も論外だったはずだ。なのに、こういうときは一番にその顔が浮かぶ。

彼らと気が合うのは確かだ。学生時代は、つるんでいろんなことをした。いつまでもこの楽しい時間が続けばいいと願っていた。

しかも龍之助は研究者として優秀であり、虎之助は世界トップクラスのｅスポーツのプレイヤーだ。

二人にどれだけ尊敬《そんけい》できる能力と実行力があるのか、稜久が誰よりもよく知っている。

――しかも二人は、俺を大切にしてくれた。

何かと二人に助けてもらった。二人がいたから、稜久は教室で浮くこともなく、無敵《むてき》になれた。稜久も双子のためになろうと頑張《がんば》った。

――三人で、高め合ってきたようなもんだよな。

その友情は、死ぬまで続くものだと思っていた。それぞれ結婚をして子供を持っても、年に一度ぐらいは会って、楽しみたいと思っていた。

だけど、その思いが少しずつ変化している。彼らのことを思い浮かべただけで、何だか落ち着かなくなった。早く帰ってきて欲しいのに、この気持ちが落ち着くまでは顔を合わせたくない。

こんな感情を持つのは、稜久にとっては初めてだった。これはいったい、何だろうか。だが、二ヶ月経《た》てば彼らはいなくなってしまう。それがすごく残念で、可能なかぎり日々の進みが遅ければいいと願う。

——一緒にお正月を過ごすことはできるだろうけど。長くて、一月末ぐらいまでか。

それ以前に助手が見つかったら、二人は滞在《たいざい》を切り上げてしまうかもしれない。それは寂《さび》しすぎるから、助手の勤務は二月からにしてもらうように、爺やに事前に頼んでおいたほうがいいだろう。

そう考えて爺やにメールを送ったりしているうちに、双子が戻ってきた。実験用具の買い出しをしがてら、ここでの生活に必要なものの買い出しもしてきたようだ。

「美味しいという店でチーズケーキを買ってきたので、まずはお茶にしましょう」

ケーキ情報は、移動中の船の中で他の研究員から仕入れたようだ。

お茶をしながら稜久がオメガフィウムから採取した空気サンプルを分析したことを話すと、龍之助が鋭《するど》く指摘《してき》した。

「研究室の外に出たんですか？」

稜久はぐっと詰《つ》まった。龍之助から、一人で研究室の外に出ないように注意されていた。だが、軽い気持ちで言いつけを破《やぶ》ったのではないのだと言っておく。

「分析室の混雑《こんざつ》具合は、モニターできるから。機器の予約が入っているかどうか確認して、誰もいないと思って、部屋を出た」

実際には予約を入れていなかった聖岳とバッタリ顔を合わせたのだが、そのあたりは伏《ふ》せておいても問題ないだろう。

「これを分析にかけた結果、危険はないとわかった。今夜、一緒に嗅がないか」

オメガフィウムが開花するのは深夜だから、断られるかもしれないと思ったが、二人はためらいなくうなずいてくれる。

「どんな匂いがするんでしょうね。僕は臭気《しゅうき》は専門外ですから、このデータからでは想像ができません」

「楽しみだな」

花が咲く今夜十一時すぎに、この研究室に再集合することになった。

それまでに双子たちは、買ってきたものを片付けるそうだ。稜久はさらに彼らに細かな作業を頼んだ。

稜久は定時の午後五時に仕事を一旦《いったん》切り上げ、自分の部屋に向かった。昨夜の疲《つか》れがあったから、夜の十一時まで少しだけ身体を休めるつもりだった。

だが、オメガフィウムの匂いがついに嗅げるという興奮《こうふん》に眠れそうになかったし、聖岳から聞いた映画というのも気になった。

サブスクで自分の部屋からいくらでも映画は観られるのだが、ここには映画館もある。大画面で観たいものはそこで観る。稜久は観たい映画があったので前々からリクエストしていたのだ。

大海原《おおうなばら》が舞台になっている映画だった。

特殊《とくしゅ》な撮影《さつえい》法を利用しており、映画館にいながらにして、海中にいるような気分が味わえる、ともっぱらの評判《ひょうばん》だった。

稜久の息抜きはダイビングだったが、耳抜きが下手《へた》でいまだに初心者レベルだ。しかも、ここの海は荒《あら》いから、もっと海流が穏《おだ》やかになった夏場ではないと潜《もぐ》れない。

だが、映画だったら深い海の底まで潜ったような気分になれるはずだ。稜久は海中の景色や、魚などを観るのが好きだった。とてもリラックスできる。

――とにかく、何が観られるかだけでも、確かめるか……！

稜久はいそいそと館内のサイトにアクセスし、現在の演目を確認した。映画館はいつも空いていて、利用するものは少ない。たいていが自室のサブスクで満足しているのだろう。

「あっ」

思わず声が出たのは、まさに今、上映されているのが、稜久がリクエストした映画だったからだ。

しかも、今から行くとちょうどいい時刻に始まる。終わる時刻も良くて、待ち合わせた十一時にも間に合う。

部屋を出るときに空腹を感じたので、稜久は部屋に置かれていたエナジージェルを手に取った。映画を見ながら、これで小腹を満たせばいいだろう。

開演五分前に到着したが、中は無人だ。稜久の他に人はいない。

四十席ほどある映画館の真ん中に陣取《じんど》った。ここでなら、ほどよい没入感《ぼつにゅうかん》で映画が観られる。

最高だ、と思いながらエナジージェルを飲んでいると、開演ギリギリに誰かがやってきた。

せっかくの一人きりの上映を邪魔されたことに、少しだけイラッとする。しかたがないか、と思って見ると、なんと姿を現したのは聖岳だった。

──え？

稜久が今日にでもここに来ると、見抜いていたのだろうか。

デートしよ、と言われた言葉が蘇《よみがえ》って、稜久はあからさまに嫌な表情をした。近くに来るな、と思っていたのに、聖岳は稜久の真横に席を取った。

無言で、反対側に一つ席を移動する。こんなにガラ空《あ》きなのだから、せめて隣《となり》とは一つ空けて欲しい。

だが、聖岳はすかさず稜久の側に席を詰めた。

「やっぱり、すごくいい匂いがする」

その言葉に、稜久は息を詰めた。すっかり忘れていたが、今でも自分からフェロモンが放たれているのだろうか。

──マズいかな。

来たばかりだったが、この場から立ち去ろうとした。だが、ドアにたどり着くよりも前に、いきなり背後から腰をつかまれて床に引き倒された。

聖岳がひどく荒い息をしながら、のしかかってくるのがわかった。

「や、……めろ……！」

どうにか身体をひねって、聖岳を押しのけようとする。

そのとき、白衣のポケットに龍之助から渡されたペン型のスタンガンが入っていたのを思い出し、それを取り出した。

だが、慌てすぎていたために、すぐさまそれははじき飛ばされて、遠くに転がった。通電できたのは、ほんの一瞬だ。

すでにスクリーンでは映画が始まっていた。その照り返しの中で、ひどく獣《けもの》じみた顔をした聖岳が見えた。

引きちぎるように白衣の前を開かれ、それとほぼ同時に下着の中に手が突っ込まれた。性器に触れるのは番同士《つがい》でしかしない行為だから、いくらフェロモンで正気が吹き飛ばされていても、合意なしでこんなことをするのはルール違反《いはん》だ。

だが、稜久はふと気づいて聖岳の顔を見上げた。

正気を完全に失っているのではなく、ある程度までは正気の顔だ。この男は稜久から弱いフェロモンが放たれているという状況《じょうきょう》を逆手に取って、ろくでもないことをしようとしているのではないのか。

――フォロモンに惑《まど》わされたといえば、刑《けい》が軽くなるって聞いたこともあるし。

しかも聖岳は過去いくつもの性犯罪《せいはんざい》を隠匿《いんとく》してきたという噂《うわさ》もあった。フェロモンのあるなしを利用する術《すべ》を熟知《じゅくち》しているのかもしれない。

稜久が何かを悟《さと》ったのを知ったのか、聖岳がニヤリと笑った。

「そそるな。俺の番になるか」

「誰が……っ！」

吐き捨てた瞬間に、稜久のペニスを握《にぎ》りしめた指に強く力がこもる。

「っぁあ！」

その痛みに顔が歪《ゆが》んだ。ぶっ飛ばしたいが、聖岳の身体は重くて押しのけることができない。

さらに聖岳は容赦《ようしゃ》なく指に力をこめていく。あまりの痛みに気が遠くなる。

「――そんなに俺を嫌うな。澄川と前田が組んだら、無敵だろ」

まともに息ができなくなったとき、映画館の扉が開く音がした。

無言で近づいてきた虎之助の姿が見えたと思った次の瞬間には、聖岳が真横に吹《ふ》っ飛ばされていた。

意識を失ったらしい聖岳を虎之助が足で転がしている間に、龍之助が稜久を助け起こす。

「大丈夫ですか」

「……ああ」

「ここから、離れましょう」

三人で映画館から出て向かったのは、稜久の自室だった。まずはボタンを引きちぎられた白衣を交換するために着替えていると、イライラと落ち着かない様子の二人が話しているのが聞こえた。

「今の証拠《しょうこ》を保全して、聖岳をここから追い出しましょう」

「だけど、いくら斜陽と言っても、澄川財閥と言えば前田に匹敵《ひってき》するほどの大企業だからな。前の助手みたいに、簡単にクビにするわけにはいかねーだろ。ここには、かなりの寄付金を出してるらしいし」

「にしても」

「オメガがフェロモンを出していたときには、やや不利との司法判断も出てるんだよな。聖岳は過去に何かと性犯罪《せいはんざい》を起こしてるクソやろーだから、そこんとこ承知で」

「こういうときには、万全《ばんぜん》の対策を取りそうですね。とはいえ、研究所で稜久と一緒にしておくわけにはいきません。僕たちがいなくなる前に、手を打たないと」

「だったら、他に理由を作って、いられなくしてやるしかねーな」

「なるほど？」

不穏《ふおん》な会話が交わされている。

それに交じりたくもあったが、聖岳の手の感触が身体に残っていて気持ち悪かったから、稜久はシャワーを浴びることにした。

それを終えて、二人のいるテーブルに戻る。そのときには、すっかり結論が出ていたようだ。自分の部屋から持ってきたノートパソコンのディスプレイに、視線を落としたままの龍之助に言われた。

「聖岳が研究しているのは、古代アメーバ生物だそうですね。この研究所はセーフティレベル4の施設であり、実験生物を厳重《げんじゅう》に管理しなければなりません。ですが、聖岳の研究室はそのあたりが雑《ざつ》で、以前にも実験対象の古代アメーバを逃がしたとかで、厳《きび》しい注意を受けています。それが、狙《ねら》い目《め》です」

「二度目は許されねーって感じじゃね？」

二人の意図を、稜久はすぐに察することが出来た。

「だったら、聖岳が研究している古代アメーバが、どれくらいの危険性があるのか調べよう。万《まん》が一《いち》、それが研究所の外に出てしまった場合の駆除《くじょ》方法も調べておく必要がある」

それは、下準備として必要だ。聖岳を追い出すためのゲームは始まっている。

「了解。じゃあ、まずはその調査をしよう」

悪人面《あくにんづら》をして、虎之助はうなずいた。

虎之助はゲームが得意だ。ゲームだけではなく、コンピューターセキュリティについても玄人《くろうと》並《な》みの知識を持っていた。

この研究所の各研究室のセキュリティぐらいなら、容易《たやす》く破《やぶ》ってその中身を入手することなど朝飯前だろう。龍之助が見ていた今のデータは、そうやって虎之助が入手したもののはずだ。

一般的には悪行とされる二人の行動だが、稜久は満足する。

聖岳は邪魔だ。

自分にあんな真似《まね》をしたら、タダでは済まされない。その責任を取ってもらうまでだ。

稜久はにんまりと笑った。

「澄川の研究室は、何もかもが杜撰《ずさん》です。驚きました。施設に報告を上げた数だけではなく、他に何度も古代アメーバを実験室から逃しているようですね」

プランターに顔を近づけて、すううっとオメガフィウムの匂いを嗅ぎながら、龍之助は口を開いた。

昨夜は忙しくてオメガフィウムの花の匂いを嗅ぐ機会がなかったので、あらためてその翌日に『嗅ぐ会』を開いたのだ。

稜久はにとっては、蓮《はす》の花に似たなかなかいい匂いだ。感動するほどなのに、二人からは酷評《こくひょう》された。

「蒟蒻《こんにゃく》の花の匂い」とか「何かが腐《くさ》る寸前《すんぜん》の匂い」など評され、稜久は爆発寸前だった。蒟蒻の花の匂いを知っているなんてマニアックだが、稜久が五年に一度、しかも二日しか咲かない花を嗅いでみたくて、二人を温室に連れて行ったことがある。だから、その匂いとともに記憶に染みついているのだろう。

二人に否定《ひてい》されると、躍起《やっき》になって稜久はオメガフィウムの匂いを嗅いでしまう。

——確かに、少し蒟蒻の花の匂いに似てるかも?

こうなると強く反論もできなくなって、早々に部屋に戻ってふて寝するしかない。

その翌日、稜久は聖岳の研究室を訪ねることにした。

気になってるのは、アメーバの管理だ。何度も逃げ出しているということは、狭《せま》い隙間《すきま》からも逃げ出せるのではないだろうか。密閉容器《みっぺいようき》であっても、ミリ単位以下の隙間があるケースがある。その隙間から逃げ出しているのだとしたら、変更する必要があった。

その容器にも思い当たるものがあった。圧《あつ》をかけて蓋《ふた》を閉じたら、どんなアメーバも逃げ出せないはずだ。

——どうして、それを使わないんだ？　聖岳はアホか？　アホだ。まぁ、今日は偵察《ていさつ》だし、聖岳にその手のアドバイスをするつもりもないけど。

まだ計画は実行前の段階だ。何故《なぜ》なら、聖岳はこのアメーバが逃げ出すたびに駆除剤《くじょざい》で駆除しているのだが、その薬剤《やくざい》が切れているからだ。そのことも、虎之助がハッキングで割り出した。

そもそも聖岳の研究チームの古代アメーバはゲームに出てくるようなスライムによく似た色と形をしており、毒《どく》にもならないが薬にもならない。そんな生き物のようだ。このチームを率《ひき》いているのが澄川財閥の御曹司でさえなかったら、とっくに打ち切りが決まっていただろう。

——それには、親近感を覚えるが。

ここでの実験動物の管理や処分《しょぶん》については、マニュアルに沿って厳密《げんみつ》に定められている。聖岳の実験室で駆除剤が切れているなんて、それだけでも大問題となる。

他の薬剤が有効だと判明したとしても、それを使って処分するという許可を事前に書類で提出しておかなければならない。

だが、それもない。

——どこまで杜撰なんだ……！

今まで古代アメーバが逃げ出したのは、研究室の中までだった。だが、そこから脱出して廊下を移動しているのを、他の研究所のスタッフ――たとえば、稜久や龍之助や虎之助が発見してしまったら、研究所中が大騒ぎとなる。

あえて稜久たちが逃がすようなことなどしなくても、アメーバはしょっちゅう逃げ出している。だったら、それを見つけたらいいだろう。それが、三人が立てた計画だった。

労せずに、聖岳をこの研究所から追放《ついほう》する方法だ。だが、まずは駆除剤が必要だと虎之助が言い出した。だから、駆除剤が届くまで、計画は保留にしてある。

虎之助が今朝、定期船で対岸に渡り、駆除剤を買いこんで戻ってくることになっている。

稜久はその間に気楽に、敵情視察《てきじょうしさつ》だ。

――澄川の研究室にいるのは、聖岳と二人の助手だけ。

他の企業は十人以上のチームを組んでいるが、たった三人というあたりが自分に似た境遇《きょうぐう》を思わせる。潰すに潰せない、財閥跡継《あとつ》ぎの道楽仕事だ。

――だけど俺のは、道楽仕事じゃないからな……！

稜久は自分で自分に突っこんだ。

一応は、成果を出せる見通しもある。そんなふうに気力を奮《ふる》い立たせてから、ふうと詰めていた息を吐き出した。稜久は呼吸を整えてから澄川の研究室のドアの前に立ち、呼び出しのブザーを押した。

だが、応答はない。何気なく時刻を確かめたとき、稜久は納得した。

――なるほど。お昼休憩《きゅうけい》か……！

時間が惜しい研究者は、自分の研究室にパックライスを持ちこんで、それを食べながら実験を続けることが多い。

稜久はそのパックライス派だ。

だが、聖岳は毎日、のんきに食堂まで戻って、昼食をとっているのだろう。

――なまけ者め！　……あれ？

ふと何か動くものが見えた気がして、稜久はドアの隙間に目を凝《こ》らした。なにやら緑色のものがうごめきながら這《は》い出してくる。これは、古代アメーバではないだろうか。

――どういうことだ？

中の人に知らせようと、焦《あせ》ってドアの開閉ボタンを押す。

無人ならそこは施錠《せじょう》されているのだが、あっさりと開いた。

「聖岳――」

アメーバが逃げ出していると警告《けいこく》するつもりで研究室内を見回した稜久は、絶句《ぜっく》した。

「な……っ」

時刻は十二時十五分。

聖岳たちが十二時ぴったりにここを出て行ったとしたら、それからたった十五分しか経っていないはずだ。

だがその短い時間に、古代アメーバは三重のガラス張りの実験室から抜けだし、研究室の壁をいくつかの塊《かたまり》になって移動していた。

拳《こぶし》ぐらいの大きさのアメーバが、パッと見ただけでも十個以上も壁にへばりついて移動しつつある。色はスライムそのものの、鮮《あざ》やかな緑《みどり》だ。

ドアの外に這いだそうとしていたアメーバの塊を、稜久は手で直接むしり取り、焦ってドアを閉じた。

――いくら何でも、これはヤバすぎるだろ。

研究室の外に逃げてしまったら、膨大《ぼうだい》な自然界の中から探し出さなければならなくなる。

国の考え方として、遺伝子工学《いでんしこうがく》によって生み出された絶滅種《ぜつめつしゅ》は、決して自然の中に放ってはならないとされていた。

自然と共生させるためには、安全性を統計的、疫学《えきがく》的に確立し、遺伝子汚染《いでんしおせん》による環境への影《えい》響《きょう》を確認し、さらには倫理的な問題を乗り越える、といった過程を経《へ》る必要がある。

いくら実験室内で無害《むがい》だと確認できたところで、外に逃がすことは絶対にあってはならない。三人の悪巧《わるだく》みにおいても、外に逃がすなどといった計画は組んでいなかった。せいぜい廊下までだ。

今、とっさに一つの塊のアメーバの脱出は阻《はば》んだが、このままではどんどん逃げてしまうかもしれない。そう判断した稜久は、エマージェンシーボタンを押した。

その瞬間、研究所内で警報音《けいほうおん》が鳴り響いた。澄川研究室の室内にも警報灯の赤い光が点滅《てんめつ》し始める。

このボタンを押してから、五分以内に研究室から出なければならない。

それがわかっていたから、稜久はつかみ取ったアメーバを慎重《しんちょう》に手から引き剝《は》がし、他にも自分の身体にアメーバがついてないか確認してから、そろそろとドアまで移動しようとした。

だが、そんな稜久の足首に、べたっと濡《ぬ》れた感触のものが触れた。這い上がってくるのは、古代アメーバだ。

「……っ」

震え上がってそのアメーバを引き剝がそうと足を上げた。

だが、伸びても千切《ちぎ》れることはなく、しかも力が強い。アメーバによって、足首が床に固定されている。

その間に、反対側からもアメーバが張りついてきた。

「っ……やば……」

見ると、稜久の周囲をいつの間にか、アメーバが取り囲んでいた。ゾッとした。もしかしてこれらは、人の体温を感知《かんち》して近づいてきているのだろうか。

──これは、マズい状況《じょうきょう》なのでは？

これ以上、身動きができなくならないうちにと、本気で力をこめてアメーバから逃《のが》れようとした。だが、一歩も前に進むことができないでいる間に、無情にも五分間の終わりが近づき、ついにカウントダウンが始まる。赤の点滅が急に速くなった後で、タイムアウトの警告が流れ、研究室の扉は完全にシャットアウトされる。

こうなってしまうと、再び開けるためにはかなり面倒な手順が必要となる。

壁のモニターが点滅していた。緊急《きんきゅう》連絡ボタンが押されたので、現状を確認しようとセキュリティがかけてきているのだろう。

だが、それに応じるには、そこまでたどり着く必要があった。稜久は足首を両方とも床に固められて、それができない状態《じょうたい》だ。

そのとき、稜久の白衣のポケットにあった携帯が鳴り響いた。

かけてきたのは、龍之助だ。

『どうしました？』

この短い間に、龍之助は稜久がいる場所と、澄川の研究室の緊急連絡ボタンが押されたのを把握《はあく》したらしい。

稜久は現状について、手短に説明した。聖岳の研究室のアメーバが実験室から逃げ出して、研究室に十ほどの個体が這い出してきていること。

それが廊下に出るのを防《ふせ》ぐために緊急連絡ボタンを押したが、アメーバに足首を取られて、脱出できずに研究室に封《ふう》じこめられたこと。

すぐさま駆除剤を持って駆《か》けつけて欲しいのだが、それを買いに出かけた虎之助は今、どこにいるのかと尋ねる。

『虎之助は買い物を終えて、今は帰りの船待ちという連絡が入ってます。そのアメーバはどれだけ危険ですか？』

「本体に害はないかもしれないが、ねばついて力が強い。気管《きかん》を塞《ふさ》がれたら、窒息《ちっそく》の可能性があるかもしれない」

『可能なかぎり、虎之助に早く戻るように言いましょう』

「頼む」

稜久はそう伝えて、通話を切った。次に、ここのセキュリティに連絡を取る。

電話に応じたのは、セキュリティ室に駆けつけてきたばかりだという施設長だった。

施設長は稜久が伝えた状況に絶句した後で、対処方法について相談《そうだん》してきた。稜久は自分はたまたまここを通りがかって、この事態に遭遇《そうぐう》しただけなので、澄川研究室に相談するようにと答える。

――これでよし、と。

稜久は通話を切った後で、どうにか落ち着こうとしながらほくそ笑んだ。

何も仕掛けるまでもなく、これで聖岳は自滅《じめつ》する。駆除剤が切れていたと判明したら大騒ぎになるし、どこかに在庫があったとしても、このレベルで実験対象を逃したことが知られたら、これまた大問題となる。

澄川研究室が継続できるかどうかは今後の寄付金次第だろうが、少なくともプロジェクトリーダーの聖岳は、責任を取って辞職となるはずだ。万が一、そうならなかった場合には、稜久がそこまで追いこんでやるつもりだった。

後は少し気味《きみ》が悪いが、虎之助が駆除剤を持って駆けつけてくるまで、この研究室でアメーバと一緒にいるしかない。

だが、アメーバがじわじわと身体を這い上がってくる気配に震えた。まだ足首のあたりだけだが、靴下《くつした》とスラックスの間に入りこんでくる。

ぬるぬるぬめぬめしているが、これは力が強くて引き剝がすのが難しいのだ。

そのとき、天井にいたらしいアメーバがぽとりと落ちてきた。振り払おうとしてもうまくいかず、首筋《くびすじ》から白衣の下に入りこむ。

これに顔面に張りつかれたら窒息の危険もあると、まずは生命の危機を最初に感じた。

稜久は片手で口を覆《おお》う。呼吸だけは、絶対に確保しておかなければならない。

だが、首筋から背中に、そして脇《わき》の下を這っているアメーバの感触に、稜久はぞくぞくと震えた。

それはただ、気持ち悪いだけではなかった。稜久の身体は、すでに複雑な感触を知ってしまっている。それだけに、アメーバが肌を這うことによって、余計な感覚を呼び覚まされそうで怖い。

——何をするつもりなんだ、アメーバは。

何だか胸元に向けてじわじわと這い進んでいるような気がしてならない。もしかしてこれは体温ではなく、稜久のフェロモンに反応しているのだろうか。

——脇の下、外耳道《がいじどう》、胸元、肛門《こうもん》の周辺……。

フェロモンが分泌《ぶんぴつ》されるのは、どこも性的な場所だ。

その中でもアメーバに一番近いところにあるのは、乳首だった。

稜久の乳首は、普段は皮膚《ひふ》の中に隠《かく》れている。移動したアメーバは、ついにその胸元のへこみにたどり着いた。

わかっていながらも、稜久は足首を固められているから動けない。引き剝がそうにも、手は呼吸を確保するために口を覆《おお》っている。今の姿のまま、助けが来るのを待つしかないのだ。

胸のささやかなへこみを、ねとねとになったアメーバが覆っていった。人の体温よりもずっとひんやりしているだけに、へこみの内側でアメーバの輪郭《りんかく》が感じ取れた。ぞわっとする。

そのへこみにだけは入りこんでもらいたくなかった。入られただけで、びくん、と身体中に快《かい》感《かん》が走る。

その敏感《びんかん》なへこみがギチギチに内側から圧迫されるほどアメーバが詰めこまれ、うごめき始めた。その刺激は小さな無数の舌でへこみの内側から舐めたてられているかのようだった。

その異様な感覚に、稜久は耐《た》えきれない。

「う！　……っあ、……あ……っ」

刺激に応じて、へこみの中で乳頭《にゅうとう》が少しずつ質感を増していく。焦《じ》れったいような狂《くる》おしい感触がこれ以上続くなんて我慢《がまん》できず、稜久は口を塞いでいた手を移動させて、どうにかアメーバを胸元から引き剝がそうとした。だが、皮膚と一体化したかのようにへばりついていて、かなわない。

しかも、もう片方の胸元にまで、アメーバは這い進んだ。

そちら側のへこみも、アメーバがギチギチに満たしていく。

「……っあ、……ぁ、……っあ……」

両方の乳首の敏感なへこみの内側を、つかみどころのない柔らかなアメーバになぶられていた。

さんざんそこを双子に刺激されてはいたが、指や舌による刺激と、アメーバによる刺激はまるで違う。ひんやりとしていて弾力《だんりょく》もある物体で、へこみを内側から圧迫され、ぐりぐりと容赦なくなぶられる。しかもその動きがずっと絶え間なく続いた。

「……っう、……ぁ、……あ、あ、あ……やめ、ろ……っんぁ、あ……っ」

――ダメだ。

胸からの刺激によって、稜久の上体が丸まったり、のけぞったりした。快感の逃がしようがない。

いつ、誰が駆《か》けつけてくるかわからない状況だ。アメーバにたかられて身体を熱くしているところなど、見られるわけにはいかない。だから、必死になって何でもないように立っていようとする。

だが、乳首のへこみでアメーバがうごめくたびに、ぞわっとした快楽《かいらく》が駆け抜けた。

それに、きゅううっと胸元を吸われるような感触まで加わって、稜久はその吸引力《きゅういんりょく》の強さに息を呑《の》んだ。

「っあ……っぁあ……っ」

引っ張られた形になるのか、今までどうにかへこみの中に収まっていた乳頭が、ぷるんと外界に引き出された体感があった。

皮膚の外に出てしまった乳頭の敏感さは、今までの比ではない。まるで唇で包みこまれ、舌先でぬるぬると舐められているような刺激が、稜久に連続して襲《おそ》いかかる。

しかも、両方だ。

だけど、その相手が決して人ではないことを伝えようとしているかのように、アメーバは冷たかった。それによって、稜久は自分の胸元に吸いついているのが双子ではないことを絶《た》えず認識する。

「あっ、……あ、……あ……」

さらに、人体では得られない刺激が伝わった。

細く強靱《きょうじん》な糸のようになったアメーバが乳頭をくびりだし、そこをきゅっと引っ張る。まるで搾乳《さくにゅう》でもしているような動きだ。

アメーバが稜久に興味を示しているのが、アポクリン汗腺《かんせん》から分泌《ぶんぴつ》される性フェロモンのせいだとしたら、もっとそれを吸い出そうとしているのかもしれない。

その弾力《だんりょく》のある柔《やわ》らかな動きが、胸の奥まで響《ひび》いた。

「ふあ、……あ、あ、あ……っ」

粒《つぶ》をくびり出されていることをひどく意識させられ、張りつめたそこがずきんずきんと甘く疼《うず》く。ギチギチに乳首を尖《とが》らせられ、さんざん引っ張られた後で、何も出ないとわかったのか、今度はその粒を押しつぶされる。

「……んっ、……や、……っ……」

SECURITY
12XXXX34891022
XXXX-XXXXXX0725
Riku

乳首からの快感に全ての意識が集中してしまいそうになって、稜久は首を振った。立っていることすらやっとだ。

——これじゃ、……ない……っ。

刺激を受けて、ようやくわかった。稜久の身体が求めているのはこんなものではなく、龍之助と虎之助による刺激だ。それ以外は受け付けられない。

——他のアルファのものでもなくて、……二人の唇……っ。

切なそうな息遣いに、熱い舌使い。思い出しただけで、身体が甘く疼いてくる。

そのことがわかったからには、アメーバに嫌悪感が湧《わ》きあがってきた。このねとねとを胸元から引き剝がしたくてたまらない。

だが、両足を縛《いまし》められた稜久の抵抗手段は、身体をひねるぐらいしか残されていなかった。

「……龍之助！　……虎之助！　——早く助けろ……っ！」

どこにともなく、鋭《するど》く命じる。

この身体に触れていいのは、二人だけだ。

二人の指や舌にこめられていた丁寧《ていねい》な動きを思い出す。

彼らに触れられるたびに、何かが伝わってきていた。それが何なのか、ずっとわからずにいたが、アメーバによる執拗《しつよう》な刺激が加わることによって理解する。

思いのこもった眼差《まなざ》しに、愛しげなキス。それには稜久の身体の熱を冷まそうとする以上のものが、こめられていたのではないか。

──それ……なのに、俺は……！

今まで気がつかずにいた。

ふんだんに甘やかされ、満たされてきたのに、その贅沢《ぜいたく》な扱《あつか》いを平然と受け止めてきた。

だが、さすがに稜久の中で感情が動き出す。あれには、もっと深い思いがこめられていた。その思いを受け止めたい。

──だけど、……どっちかを選ぶことなど、……出来ないのに……。

「くっ」

アメーバから逃れようと、力をこめて全身をひねった。だが、足はピクリとも動かせない。胸元のアメーバも引き剝がせない。それでも嫌悪感《けんおかん》は強くなるばかりだから、また全身に力をこめた。

そのとき、衝撃《しょうげき》が床を揺《ゆ》るがせた。

その直後に、研究室のドアが開く。万が一のときに備えて、研究室のドアは鋼鉄製《こうてつせい》の頑丈《がんじょう》なものだ。それがかなり強引に開かれて、足音が近づいてくる。

「息、止めといてください！」

切迫《せっぱく》した声は、ガスマスク越しで少しくぐもってはいたが、龍之助のものだ。白い防護服《ぼうごふく》をつけた人物が龍之助だと知って、稜久はうなずいて息を止める。

すると、噴霧器《ふんむき》で全身に粉《こな》を浴びせかけられた。足首に巻きついていたアメーバの力が弱まるなり、稜久は自分で白衣の前を開いて、全身にそれを浴びせかけてもらう。

「……っ、ごほ……っ」

ほんの少し粉を吸《す》いこんで咳《せ》きこむと、別の男に抱き寄せられ、口元に透明《とうめい》なマスクをあてがわれた。飛行機で、非常時に使うようなものだ。そこから空気が吸えるらしい。

もう一人の男が虎之助だと気づいても言葉を交わす間もなく、稜久の身体はさらに粉塗《こなまみ》れにされていく。身体にへばりついていたアメーバは、塩《しお》をかけられたナメクジみたいに小さく縮《ちぢ》んでいった。

それから稜久は手を引っ張られて誘導《ゆうどう》され、別の薬剤による消毒《しょうどく》も受けた。それから、研究室付属《ふぞく》のシャワー室まで連れていかれた。

そこで自分の身体を洗《あら》っている間に、澄川の研究室は徹底的《てっていてき》に消毒され、アメーバは駆除されたようだ。

稜久がシャワー室からガウン姿で外に出たときには、すでに研究室の入り口には黄色いテープが貼《は》られ、立ち入り禁止の処置《しょち》がとられていた。

その横の小部屋で、聖岳が施設長に事情聴取《じじょうちょうしゅ》をされている。

稜久も呼ばれたので、ガウン姿でそこに向かった。

だが、稜久が説明できる事情は僅《わず》かだ。

隣の椅子《いす》でうなだれている聖岳を眺《なが》めながら、稜久は施設長に向かって口を開いた。

「昼休みにこの前を通りがかりましたら、ドアの隙間からアメーバが抜け出しているのに気づいたので、マズいと思ってドアを開き、中にいるはずの研究員に知らせようとしましたが、無人でした。大量のアメーバが逃げ出していたので、非常緊急ボタンを押しました」

稜久の事情聴取は、そこから何回か聞き返されたぐらいであっさりと終わった。

だが、逆に施設長から聞き出したところによると、あのアメーバは以前から頻繁《ひんぱん》に脱出していたと、聖岳が自白したそうだ。だったら抜け出せないように対策《たいさく》を講じなければならないのだが、聖岳はそのあたりを軽く考えていたらしい。

どうせ無害だし、抜け出す頻度は高くないから、その都度、捕獲《ほかく》したほうが手間がかからない。設備を再構築する費用もかからない。

だが、その考えは施設運用規則に大きく反したものだ。これで聖岳の処分《しょぶん》は確実だと、稜久はほくそ笑んだ。

――終わったな。

これだけの大騒ぎになったからには、聖岳は責任から逃れきれない。

思っていたよりも簡単に邪魔者を始末することができた。あのアメーバは無害だと、聖岳が慌てて書類を提出したそうだから、稜久は体調に問題がなければ、このまま部屋で休んで良いそうだ。ただし、何か異変があったら、すぐに連絡して欲しいということだった。

小部屋から出てすぐの廊下で、双子が待っていたので、稜久は彼らからも事情を聞く。すでに二人は防護服を脱いでいて、いつもの白衣姿に戻っていた。

対岸にいた虎之助は駆除剤を持って定期船を待っていたそうだが、龍之助からの大至急《だいしきゅう》戻れという連絡を受け、その場でジェットスキーを借りて、猛《もう》スピードで駆けつけたそうだ。

稜久はうなずいた。

「そうか。助かった」

二人があのタイミングで駆けつけてくれなかったら、自分はもっとどうしようもない状況に陥っていた可能性がある。

あれからシャワーを浴びて、すっかり綺麗になったはずなのに、身体が熱かった。

アメーバに乳首を吸い出され、刺激された余韻《よいん》が残っているのだろう。

だけど、稜久は何よりも、アメーバにたかられている最中に気づいた二人への想いを、まずはどうにかして伝えなければならないと思う。

だが、いざ二人と顔を合わせていると、どんな言葉でどう伝えたらいいのかわからなくなる。

「ええと」

言葉に詰まって、稜久は困惑《こんわく》しながら、赤くなった顔を背《そむ》けた。

「部屋に戻る。ついてこい」

稜久の態度がいつもと違うのは、双子にも感じ取れていたらしい。無言で左に虎之助が立った。右側にはぴたりと龍之助が寄り添う。研究室の廊下は広いから、三人で歩いていても、さして邪魔にはならない。

自分の部屋に向かって歩きながら、稜久はどんな言葉でどう告白したらいいのか、なおも考えて続けた。だけど、驚《おどろ》くほど頭の中が真っ白だ。

ただ、歩くたびに空気に乗って、いい匂いが漂《ただよ》ってきていた。どこか官能《かんのう》を掻《か》き立てる、甘い匂いだ。虎之助からも、龍之助からも感じられる。

発情期の症状《しょうじょう》は治まったはずなのに、不定期の発情が今も続いているのだろうか。それとも、アメーバに乳首をなぶられて煽《あお》り立てられた欲望が、なおも疼いているからか。

——この……匂いを、……ずっと、嗅いでいたく……なる……。

オメガとアルファは、相性のいい相手とフェロモンで惹《ひ》かれあうと聞いていた。こんなにも心地よく香るということは、この二人との相性はとても良いのではないだろうか。

自分のフェロモンが、二人にはどう感じられているのか気になった。

——前に番になるかって聞かれたときには、無下《むげ》に断ってしまったけど。

二人はモテる。そのことを、稜久は学生時代からよく知っていた。社会人になってからはさして二人のモテ具合を確認したことはなかったが、並んで歩いているだけで周囲の注目を集めるだけの端整さがある。

——断ったけど、あれはなしって言っても大丈夫かな？　今さらって、笑われる？

いざ告白となると、二人が自分に向けてきたものが愛情なのか友情なのか、またわからなくなった。告白したことで、今までの友情にヒビが入ることはないだろうか。

そもそも、龍之助と虎之助のどっちを選んだらいいのかも、よくわからないでいるのだ。どっちも好きだから、選べない。同じくらい好きだ。どれほど考えても、一人を選び取れない。

そうこうしているうちに、部屋までたどり着いてしまった。

ドアの前まで稜久を送った二人は、そのまま自分の部屋に向かおうとする。

「じゃあ、また」

「何かあったら、すぐに呼んでください」

「夕食は各自でいーかな。今日は準備できなかったし」

「そうですね。各自、食堂で」

昼から食事をとっていなかったことを、稜久は言われて思い出した。だけど、空腹を感じないぐらい、やたらと緊張している。

この場を逃したら一生告白できないかもしれないと思ったから、反射的に引き止めた。

「待て。……話があるんだ」

稜久のいつになく強《こわ》ばった顔に、二人は顔を見合わせた。稜久が自分の部屋のドアを開くと、そのまま続いて入ってくる。

「話って？」

食事をするときのように、キッチンのテーブルと椅子に皆で座る。片側には稜久が、その正面には双子が並んで座る。

虎之助が肘《ひじ》の上にあごを乗せ、不思議そうに尋ねてきた。

どんな話を切り出されるのか、想像もつかない、といった顔だ。

「ええと」

稜久は言葉に詰まった。

自分がようやく、二人への想いを自覚した、と伝えたい。できれば、番も二人がいい、と言いたい。

だが、相変わらず言葉が出てこない。喉《のど》がカラカラだった。

しばらく沈黙《ちんもく》が流れた。

話があると言って引き止めたくせに、稜久がなかなか切り出さないことから、龍之助は何かを読み取ったらしい。

水を向けるように、口を開いた。

「アメーバに襲《おそ》われていたあなたを見たとき、頭がカッと灼《や》けたように感じました。あなたは、僕たちのものなのにって」

その言葉に、稜久の肩がビクンと震える。

稜久が双子への想いを自覚したのは、今日が初めてだ。

あらためて龍之助の顔を見てみる。狂おしいような、眩《まぶ》しいような眼差しを向けられていた。

ずっと前から、二人はこんな目で稜久を見ていた。稜久のほうが、その意味を読み取ることができなかっただけで。

次に虎之助に視線を移すと、彼も同じような目で稜久を見つめていたが、その口元にはからかうような笑みが浮かんでいた。

「それだけに、一気に駆除できて、気持ち良かったぜ」

「今月末になれば、僕たちはここから離れます。ですが、ここにあなたを一人、残していくのは、何だか心配ですね」

その言葉に、稜久の胸がじりじりと熱くなった。

二人と離れたくはない。今までは年に一度会うだけでどうにかなっていたが、初めて芽生《めば》えた恋心がそれでは足りないと訴《うった》える。

それに、オメガになったことで、定期的な発情期を迎《むか》えるようになった。番なしでこの先、どうやっていけばいいのだろう。

二人に抱かれる気持ち良さを知ってしまったのに。

三人で過ごした日々は、とても楽しかった。ずっとこんな毎日が続けば良いと願った。離れたくない。

――だけど、……選べないんだ。

どちらかを選んだら、もう片方を失ってしまう。そんな思いが、稜久にはあった。

二人とも失わないでいるためには、別のアルファを選ばなければならないだろうか。

稜久は深くうなだれた。

「俺だって、離れたくはない。だけど、あと二年の間に、……番となるアルファを探さなければならない」

三十までに相手が見つけられなければ、親がアルファを選ぶこととなる。

それでいいと思っていたが、そんな相手では嫌だ。番は二人のどちらかがいい。だけど、選べない。そんな思いで頭がぐるぐるした。

どちらかを選ぶべきだろう。話が合うのは龍之助で、いろいろと細かく気が回る。だけど、虎之助はおおらかに優しく包みこんでくれる。やっぱり、どちらも好きなのだ。

「どうして、……おまえたちは、二人なんだ？　いっそ一人でいてくれたら、……悩むことはないのに」

稜久はついにテーブルに突《つ》っ伏《ぶ》してうめいた。

「悩む？」

「何をです？」

その質問に、稜久はどうにか声を押し出した。

「番の相手。どっちにするか」

稜久の言葉に返事が来るまでには、三呼吸分あった。

二人が顔を見合わせているような気配がある。

「稜久はもしかして、オレたちのどっちを選ぶのか悩んでた？」

「そんなの、両方選べばいい話では？」

そんなふうに切り返されて、稜久は驚いて顔を上げた。

「え？」

二人はそれぞれに、稜久を見つめ返してくる。

龍之助は真剣《しんけん》な表情で、虎之助は少しからかいの混じった笑みを浮かべて。

「僕たちはずっと、あなたのことが好きでした。あなたに会うまでは、世界は虎之助と二人きりで閉じていました。僕たちはそれで良かったのですが、そんな世界に不意にあなたが入ってきた」

「世界が、一気に広くなったように感じられたよな。龍之助とオレは一心同体で、何を言わなくても通じ合えるようなところがあって、自分でも、二人で一つみたいに感じていたというのに、稜久がそうじゃないと伝えてくれた」

「区別できましたからね、稜久は。僕と虎之助を」

しみじみと、二人は言う。

ずっと龍之助と虎之助を区別できる者がいなかったからこそ、二人の自我は完全に分離してはいなかったのだろうか。

それを強引に稜久が切り離した、という話なのか。

わからない顔でいたのを龍之助が読み取って、言葉を足してくれた。

「僕という存在を虎之助と切り離して認識される必要があるんです。そうしないと、やはり自我が曖昧《あいまい》になるというか。僕が僕でも虎之助でも、他人にとってはどうでもいいのかな、って思うと。わかります？　この感じ」

「オレらがどっちでも、他人にとってはどうでもいい。ってことは、俺はいなくてもいいんじゃないかな。龍之助さえいればいい。だったら、俺なんていなくてもいーじゃん。そんな感じ」

「だけど、僕たちを明確に区別できるあなたが現れたことで、それぞれ個別の人間として切り離され、認められたような気がします」

そんな屈託《くったく》が、二人にあったなんて知らなかった。

二人の人格の形成に、自分がそんなに重要な役割を果たしていたという自覚がなかったからこそ、稜久はきょとんとする。

だが、嘘《うそ》ではないと言いたげに二人の目がじっと稜久を見つめていた。

「だからずっと稜久は、僕たちにとってはかけがえのないもので」

「稜久が前田財閥っていう、すげえバック背負ってるから、俺も龍之助も、稜久にふさわしい相手になりたいって必死で、ずっと頑張ってきたんだけど」

「虎之助がここまで頑張ってきたのは、前田財閥の伴侶としてふさわしいだけの、年収と地位を手に入れるためですよ」

「そうなのか？」

そんなことは初めて聞いた。

年に数回、ｅスポーツの国際大会が開催《かいさい》されるたびに、日本中が沸《わ》き立つ。ゲーム大国である日本を、毎回、優勝に導く虎之助の存在は、稜久にとっては誇《ほこ》りだった。

だけど彼がそんなに頑張ってきたのは、自分の存在あってのことだというのか。

照《て》れ隠《かく》しのように肩をすくめてから、虎之助が言う。

「それを言うなら、龍之助もそうだろ。おまえがずっと研究してきたのは、アルファオスとベータオスとの子供を作ることだし」

——アルファオスと、ベータオス？

オス同士でも子供が出来るのは、アルファとオメガの場合だけだ。ベータオスとアルファオスとの間には、子供はできない。

なんでその組み合わせを研究していたのだろうか、と考えながら龍之助の顔を見ると、ひどく狼狽《ろうばい》していた。

滅多《めった》にないその表情を見た瞬間、稜久の頭の中で何かが弾《はじ》けた。

「……もしかして、……龍之助が研究していたのは、……俺との子供を作るため？」

そうとしか思えない。

稜久はベータオスだった。前田財閥を継ぐ子供を作るためには、ベータメスと結婚する必要がある。だが、龍之助はその持てる能力の全てを使って、稜久との子供を作る方法を模索していたというのか。

——だけど、それなら納得できる。急に研究にやる気を失った理由も。

龍之助はぐっと息を呑んだあげく、開き直ったようにうなずいた。

「ええ。虎之助と同じように、あなたとの結婚を狂おしいほどに望んでやみませんでした。ベータオスであったあなたは、子供を作るためにベータメスと結婚しなければならない。ですが、ベータオスとアルファオスの間で子供が作れるようになりさえすれば、僕たちとの結婚も考えてくださるのではないかと」

——僕たちとの？

その言葉に、稜久は引っかかりを覚えた。

結婚は二人でするものだ。そんな常識が稜久の中にはあった。だからこそ、龍之助と虎之助のどちらかを選ばなければならないと思っていたし、選べずにいたのだ。

——だけど、僕たち……？

二人に抱かれたときのことを思い出すと、あの形でも何の不自由もないものだと、あらためて認識できる。もしかしてどちらかを選ぶのではなく、どちらも選ぶという方法があるのだろうか。

——え？　え？　え？　ちょっと待て。

ひどく混乱した。

頭を整理すべく、稜久は顔を抱えこむようにしながら呆然《ぼうぜん》とつぶやいた。

「虎之助か龍之助のどちらかを選ばないといけないってずっと思ってた。だけど、選べないだろ、どっちか一人なんて……っ。……どちらかを選んだら、どちらかを失う。それが、……俺には無理だったから、だから……」

「選ぶ必要など、ありませんよ」

龍之助の柔らかな声が響いた。

「三人でよくね？」

虎之助にも、肯定的に返される。

稜久はまじまじと二人を見た。

双子のほうは、最初からどちらかを選んでもらうなんて考えは、なかったのかもしれない。

——そうか。……三人でいい……んだ……？

そう思うと、頭の中の霧《きり》が晴れていく。最初からそれに気づいていればよかった。だとしたら、問題はない。大好きな二人と恋人になれる。

「そう……か。……三人で」

何を悩んでいたのかと思うと、稜久は少し笑ってしまう。

この先も三人でいられるのだと思うと、胸がふわふわとしたものでいっぱいになった。もはや二人以外の誰かと結婚するなんて、考えられない。この形が一番しっくりくるし、楽しそうだし、幸せになれそうだ。

生まれてきた子供も、この双子の愛に包まれてすくすくと育つだろう。

「だったら、番は二人を選ぶ。そんなのって、出来るかな？」

「出来ますよ」

「出来るはずだぜ」

稜久の言葉に、龍之助も虎之助もひどく嬉《うれ》しそうに微笑《ほほえ》んだ。

気持ちが抑《おさ》えきれなくなったらしく、虎之助が立ち上がって左側から稜久の頭を抱えこむように抱きしめてくる。

龍之助も負けじと立ち上がり、虎之助の上から抱き寄せた。

二人の仕草《しぐさ》から自分に対する想いの深さを感じ取って、稜久の胸はじわじわと熱くなった。

ずっと自分の恋愛感情は希薄《きはく》だと思っていた。だけど、オメガになって身体が変わってから、気持ちも変わったような気がする。身体を慰《なぐさ》められる行為を通じて、二人が注《そそ》いでくれた愛情にようやく気づいたことだし、二人にもこの気持ちを注ぎたいと思う。オメガの因子《いんし》が発現《はつげん》し、身体が成熟《せいじゅく》したことで、心にも新たな要素が加わったのだろうか。

「だったら、番になろう。爺やと両親には、俺が伝える。きっと喜んでくれる」

「喜んでくれるでしょうか」

「爺やには、やぶ蛇《へび》になったたって、思われないかな」

稜久は笑いながら首を振った。おそらく、喜んでくれるに違いない。二人とも性格がいいし、能力もある。誰よりも稜久を深く愛してくれている。だからこそ、爺やも二人をここに送りこんできたのだろう。

「そういや、おまえたち、昔から好きな子がいるって言ってなかったか？」

「それは誰なのか、今なら気づいてくれていると思いますけど」

「稜久は鈍《にぶ》すぎるんだよ」

その返答に、初恋の相手というのは自分なのかとようやく気づいた。何だか恥ずかしくなって頬《ほお》を染めながら、もう一つ残った質問をぶつける。

「それに、おまえたちはアルファ用の発情抑制剤《はつじょうよくせいざい》を服用してるって言ってたのに」

「それは、あなたに警戒されないための嘘で」

「そーゆーのは存在しねーんだよね。最初の稜久の発情期のとき、どれだけ耐えるのがつらかったことか」

そんな事情があったなんて、まるで知らなかった。完全に安心して、二人に甘えきっていたのだ。

そんな双子だからこそ、誰より信頼できると思いながら、深呼吸《しんこきゅう》をしてさらに尋ねた。

「結婚する?」

「もちろん……!」

「――ですよ!」

返事とともに、二人からさらにぎゅうっと抱きしめられた。二人の身体から、甘いフェロモンが漂う。こんなにも発情期にメロメロになるのは、このアルファのフェロモンのせいもあるのではないか、と思う。

番になるには、互いの精液を飲み合う必要があった。

ずっと触れられていなかった性器に触れられるのだと思っただけで、ぞくっと腰の奥が痺れた。


挿入《そうにゅう》する寸前《すんぜん》に、虎之助は稜久の膝が胸につくほど足を抱え上げ、その中心をじっくりと眺めてきた。

すでにオメガの器官となったそこは、時間をかけた二人の愛撫《あいぶ》によって甘ったるく蕩《とろ》けている。視線を感じて、そこがなおさら意識され、ひく、とうごめくのと同時に、新たな蜜が外に押し流された。

「早く、ってせがまれてるみたいだ」

虎之助がつぶやきながら、熱い切っ先を稜久のそこに擦《こす》りつけてきた。たっぷり蜜をまぶされた後で、一気に稜久の身体を割り開く。

「っうぁ、……っあ、……あっあ、あ……っ」

とろとろになったそこは、その大きなもので限界まで押し広げられた。小刻《こきざ》みな突き上げに合わせて、呑みこんでいく。粘膜が虎之助の熱さを確かめようとするかのように、ひくつきながらからみつく。

「……っん、……んぁ、あ……っ」

「すげえ、悦《い》い」

虎之助がうめいた。

快感に煽《あお》られながらも、虎之助がゆっくりと腰を動かす。大きくて長いそれに、自分の身体が限界まで押し広げられる感覚が続く。

「ふ……」

稜久はそれに合わせて息を吐き出した。

最初は少しだけ襞《ひだ》が突っ張るような感覚があったものの、急速に身体はその大きさに馴染《なじ》んでいた。張り出した切っ先がもたらす強烈《きょうれつ》な刺激に、意識を奪われつつあった。

「……ん、……は、は、は……っ」

虎之助の突き上げに揺らされていると、その身体に龍之助の手が伸びてきた。稜久がうつ伏《ぶ》せになるように丁寧にひっくり返した後で、顎《あご》を両手で包んだ。

「このお口で、僕のものを飲んでくださいますか」

稜久は膝《ひざ》をついたまま、龍之助を見上げた。互いに精液を飲み合うことが、番の儀式《ぎしき》となる。そのことは承知《しょうち》していたので、うなずいて口を開いた。

「っふ」

だが、背後から虎之助が突き上げてくるので、なかなか身体が安定しない。どうにかタイミングを見て口をできるだけ開いて、その先端《せんたん》から飲みこんだ。

「っぐ、……っ、……ふ、ング……」

龍之助のものは大きすぎるから、全部は到底《とうてい》口に含《ふく》めない。虎之助と大きさは同じぐらいだ。これと同じ大きさのものが自分の身体に入っているのだと思うと、あらためて驚愕《きょうがく》する。

それでも、口に入る分だけくわえこんだ。

その格好《かっこう》のまま虎之助に揺らされると、顔まで上下する。その力を利用して、龍之助のものを唇でしごき上げる形になった。

浅くなったときには、先端にねっとりと舌を這わせてみる。

「ふ、……うぐ、ふ……っ」

これでいいのだろうか。

あまりちゃんと刺激している気がしない。稜久は様子をうかがうべく、龍之助に上目遣いで視線を送る。

目が合った瞬間、稜久の口の中のものがどくんと脈打《みゃくう》ち、一段と硬さを増した。如実《にょじつ》な反応に驚いていると、龍之助は目元に快楽《かいらく》を滲《にじ》ませながら、愛しげに稜久の頭を抱えこんだ。

「上手です。その顔だけで、イけそうなくらい」

強い眼差しが、稜久の顔に注がれている。

その言葉に、稜久も煽られた。虎之助に絶え間なく突き上げられている粘膜だけではなく、口《こう》腔内《こうない》でも悦楽を感じ取る。

「ぐ、……ふ、ふ……っ」

稜久の頭を支えたまま、ゆっくりと龍之助も動き始めた。

虎之助が突き上げるのに合わせて龍之助も腰を突き出し、その間に挟まれた稜久は上下からの性器を受け止める形となる。

虎之助が腰を引くと、龍之助も腰を引いた。だが、軽く息を吸いこんだときには、また新たなものが突き入れられてくる。

二人の動きに合わせて呼吸を保ち、歯を立てないようにしているだけで一杯一杯《いっぱいいっぱい》だ。

「最高だな」

さらに稜久の乳首に、背後から虎之助の指が回されてきた。

腰の動きに合わせてくりくりと乳首をなぶられると、そこから広がる快感に、上下の粘膜がひくついた。

「っふぐ……っふ、……っ、ふ……っ」

虎之助の張りだした先端が、だんだんと稜久の深い部分まで届く。虎之助の先走りと相まって、粘度を増した蜜がその動きを助け、叩《たた》きこまれるスピードも強度も増していく。

さらに唾液《だえき》もあふれっぱなしだ。上下から聞こえる濡れた水音が、稜久の耳を塞《ふさ》いだ。深い部分までガンガンと容赦なくえぐられていると、だんだんと快感が広がって、下肢が痙攣《けいれん》するようになった。イク前兆《ぜんちょう》を示すように、体内にある虎之助のものを締めつける。

だが、稜久には下肢の虎之助ばかりに集中している余裕はなかった。乳首を強く刺激されている龍之助も稜久の頭を抱えこんで、口の中で動かしているからだ。

「っふ、ぐ……っんぐ、……ふ……っ」

二人の激しくなる動きに、待て、と一度は制止しようとした。だが、熱く張りつめた二本の楔《くさび》で、上下の口を荒々《あらあら》しく占領《せんりょう》され、言葉にならない。

龍之助のものがのどの深い部分まで入りこむのと同時に、虎之助のものもかつて無いほど深い部分まで突き上げてきた。そのたまらない快感に、稜久の身体がぶるっと震える。

後ろに虎之助の熱いものを浴びせかけられる光景を思い浮かべた途端《とたん》、稜久の身体はきゅううっと収縮《しゅうしゅく》した。

乳首を強く引っ張られたのがとどめとなって、稜久は絶頂に達した。

「っぐ、ふ、……ぐ、ン、ン」

「はっ」

「ン」

稜久の身体を挟みこんでいた双子も、同時に硬直する。

稜久の喉の奥に熱いものが出されたのと同時に、身体の深い位置にも虎之助のものが注がれた。

それを感じ取って、どくんと脈が大きく跳《は》ね上がる。稜久も射精していた。

自分の身体が二人の精を受け止めて、変化していくのがわかる。だが、番になるためには、互《たが》いの精を飲み合わなければならない。

「稜久のも」

稜久の身体から二人の楔が抜き出され、稜久はベッドに腰をついてへたりこむ形となる。頭側にいた龍之助が、稜久の足の間に屈《かが》みこんで、白濁《はくだく》で濡れた稜久の性器を先端から口にふくんだ。

「っうあ！」

初めてそこに他人の舌を感じて、稜久はぶるっとすくみ上がった。そこを清めるように舐《な》めていく龍之助の舌の動きが気持ち良すぎて、そこにまた芯《しん》が通っていく。

「虎之助にも、飲ませてやって」

そんな言葉とともに、龍之助が稜久のそこを口から抜き出して、背後に回った。

龍之助は座りこんだ稜久の真後ろに座りこむと、稜久の身体を抱え上げて、自分の膝の上に下ろした。

虎之助のものを抜き出されて、まだ窄《すぼ》まりきれていない後孔が、新たなもので貫かれた。

「つぁああ……っ」

新たな挿入感に、稜久はあえいだ。龍之助は稜久の腰を支えたまま、そろそろと下げていく。

ベッドに龍之助が腰掛け、稜久はその上に重なる形になる。つながったその部分を見せつけるように大きく足を開かされ、その足の間に虎之助が移動してきた。

背後から龍之助に貫かれているというのに、虎之助にも性器を先端《せんたん》からくわえこまれて、すくみあがった。

「んっ！」

舌や唇が這う感触を感じとるたびにどうしても身体に力が入るのを感じながらも、龍之助からたくましい突き上げを受けることになる。

硬い肉の棒で突き上げられるだけでも十分に刺激が強い。それに加えて性器を舌で舐められるのだから、稜久はたまらず二重の快感にあえいだ。

虎之助の舌が裏筋を這うたびに、気持ちよすぎてきゅっと中が締まった。

そんな稜久の腰を龍之助がしっかり抱えて、揺さぶってくる。

稜久は決して小柄《こがら》というわけではない。そこそこ重みがある。自分の体重ごと硬い肉の棒を深くまでくわえこむことになって、切っ先が奥まで貫く衝撃が立て続けに襲いかかる。

稜久が一番弱いのは、一番奥にあるオメガの器官を突かれることだ。深くまで入れられるたびに、そこを龍之助の切っ先でえぐられる。そのたびに腰が震え、脈打つ性器を虎之助の舌が舐めた。その先端からあふれ出す蜜を、淫《みだ》らな舌の動きとともに絶え間なくすすられる。

「ン……っ、はぁ、……はぁ、……ン、……は、……ぁあ……っ」

おそらく双子のうちどちらか一人であっても、感じやすい稜久の身体は十分な快感を得られるに違いない。なのに二人がかりで身体をむさぼられ、感じる快感は二倍どころか何倍にも膨《ふく》れ上がった。意識がついていかない。

突き上げられるたびに稜久は熱い息を漏らし、ペニスを虎之助の熱い口腔でなぶられる悦楽に耐えるしかなかった。どこでどう感じているのかわからない。

「ツン、……ぁあ、……あ、あ……っ」

そんな稜久の胸に背後から龍之助の指が伸び、コリコリと乳首を転がされるのも、たまらない快感となる。

龍之助が稜久の乳首を独占《どくせん》しているように感じたのか、虎之助も稜久の股間に顔を埋《うず》めながらも、左の乳首に手を伸ばしてきた。

右の乳首を龍之助に、左の乳首を虎之助に、それぞれの指でいいようにいじられて、稜久は胸をあえがせた。

「どっちのほうが、より感じます？」

龍之助が乳首を弄《いじ》りながらささやいてくる。どっちでどう感じているのか、稜久自身でもすでに区別できない。

「っはぁ、……あ、あ……わかんな、あっ」

軽く首を振ると、稜久のものを根元までくわえこんだ虎之助が、のどをひくつかせて先端に絶《ぜつ》妙《みょう》な圧迫《あっぱく》を加えてきた。抜き出すときには裏筋に舌を当てられているから、ぞぞぞっとするような刺激が走る。それに応じて、稜久はきゅうっと身体を収縮させずにはいられない。

そんな稜久の腰を支え、龍之助はからみつく粘膜から自身をギリギリまで抜き取った。返す動きで、下から突き刺していく。

「っんぁああ！　……あ、……あ、あ……っ」

落ちるなりまた上に持ち上げられ、稜久の腰もそれに合わせて動く。最初は龍之助にされているだけだったが、だんだんと自分からもそれを迎え入れるような動きをしていた。

最初のうちは、あまりの激しさに、それを軽減《けいげん》しようとしていたはずなのに、気づけば龍之助に合わせて腰を落とし、抜くのに合わせて腰を上げるようになっていた。

いくらリズムをずらそうとしても、龍之助がそれを許さない。

「ッン、ん、ん！」

だんだんと中の締めつけがきつくなり、太腿《ふともも》に痙攣《けいれん》が走る。

「そろそろ、イきそう？」

虎之助が口にしているペニスの膨張《ぼうちょう》を感じ取ったのか、刺激を送りこむ合間に聞いてくる。

稜久はあえぎながら、うなずいた。

「だったら、……ちょっと」

龍之助が稜久の膝をベッドにつかせ、膝《ひざ》立ちになって背後から突き上げてくる。そうしたのは、稜久の身体を少しねじらせて、右の胸元に吸いつくためらしい。

「あ、……ずり」

それを見て、虎之助も稜久のペニスから唇を離し、それをなぶる役割を指先に変えて、稜久の左の乳首に吸いついてきた。

「っん！　……ぁああ、……あ、あ……っ」

膝立ちの格好で激しく背後から龍之助に突き上げられ、胸元を二人に吸いつかれて、もみくちゃな状態にされている。

だいぶ龍之助は動きにくいだろうが、それでも中に太い大きな肉杭が入っているというだけで、イきそうな稜久にとっては、十分な刺激となっていた。むしろその焦れったさが、限界ギリギリの快感を嫌というほど引き延ばす。

かりっと、龍之助が乳首に歯を立てた。その快感まじりの痛みに跳ね上がると、虎之助も稜久の乳首に歯を立ててくる。

「っあ！　……っぁあああああ……っ」

両方の乳首からの甘い痛みが、稜久を絶頂まで一気に追い上げた。

「っぁあああ、……あ、あ……っ」

きゅううっと、身体がのけぞる。虎之助はギリギリのところで、乳首から性器に唇を移動させた。出る瞬間の精液を虎之助に吸い上げられる。放出の速度を上げさせるような吸引に、稜久はガクガクと震えることしかできない。

すぐに身体の奥に、龍之助が熱いものを吐き出した。

だけど、これで終わりではない。三人、それぞれに精液を飲み合わなければならない。

稜久の唇に、立ち上がった虎之助が熱い性器を近づけてきた。

「飲んでくれる？」

そのたくましさにボーッとしながら、稜久は唇を開いた。

口腔深くまで虎之助のものを頬張ると、その味にひくりと喉の奥が鳴った。


澄川財閥のプロジェクトチームは、古代生物を逃がした責任を取る形での撤退《てったい》が決まった。

代わりに入ってきたのは、龍之助がプロジェクトリーダーを務める政府機関のチームだ。

龍之助は生殖医療《せいしょくいりょう》から、別の方面にシフトしたらしい。研究テーマはまたしても教えてくれなかったが、何だかやる気を感じるから、新たなお楽しみを見つけ出したのだろう。

――まぁ、いずれわかる。

稜久は自分の研究に夢中だった。

オメガフィウムが結実《けつじつ》し、その実から有効な成分が抽出《ちゅうしゅつ》されたからだ。

古代ローマの文献《ぶんけん》にあった『妻《つま》を貞淑《ていしゅく》にして、自宅にとどめておくことができる』薬効《やっこう》というのは、おそらくは文献の欠損《けっそん》による翻訳《ほんやく》ミスだ。実際には『夫を貞淑にして、自宅にとどめておくことができる』薬効だと、稜久は気づいた。

つまりは、勃起不全《ぼっきふぜん》になってしまう薬だ。しかも、特筆すべきはその効果が継続する期間だ。

一度服用したら、その成分が人体から排出《はいしゅつ》されるまでに長い月日がかかる。おそらく五年間は最低でも継続すると考えられた。

――五年間続く勃起不全薬。

ほとんどの人にとって、それは悪夢の薬だ。だが、現代社会はその薬の有効な活用法を見い出している。

男による性被害《せいひがい》が深刻化《しんこくか》していた。性犯罪者《せいはんざいしゃ》の再犯率《さいはんりつ》は高く、仮釈放中《かりしゃくほうちゅう》にはGPS機器の装着《そうちゃく》が義務づけられていた。だが、その監視《かんし》コストもバカにならないから、代替方法が模索されていたのだ。

この薬を飲ませると物理的に勃起しなくなる上に、性欲も綺麗に消え失せてしまうらしい。そのような効果がある無害な薬というのは、今まで存在しなかった。

だから、稜久の研究は注目されていた。稜久のプロジェクトチームの人員は増やされ、オメガフィウムの栽培《さいばい》数も増やされた。政府肝《きも》いりでの、合同研究が始められつつある。

まだこの勃起不全薬で人体実験を行うのは早い段階にあるが、一応の無害が確認された時点で、稜久はとある知らせを受け取った。なんと澄川聖岳が勃起不全になったというのだ。

何かと性犯罪を起こしては、示談《じだん》で相手を黙《だま》らせてきた男だ。

まさにその薬を服用するのに、ふさわしい人物といえる。稜久はもちろん、聖岳に薬を盛ったりしていないが、何かと他人に恨《うら》まれていたのだろう。特に双子が何かをしたなんて、思ってはいない。

そして、稜久のプライベートはまさに充実していた。

龍之助が研究員になって住みこむことになったことで、稜久との抜け駆けを心配した虎之助も、ちょくちょくこの島まで顔を出すようになったからだ。

番となった三人は、共同の住まいをこの島の対岸の都市に構えることになった。アクセスは良いから、週末をそこで過ごすのは悪くない。

そして、オメガフィウムの開花から一年が経ったその日、稜久と龍之助と虎之助の三人でパーティを行った。

メインの食材は、食べていいほどたくさん収穫《しゅうかく》されるようになったオメガフィウムの花だ。無害だということもわかっている。

ようやくこれが食べられるのかと思うと、稜久は感無量《かんむりょう》になった。

「まずはポン酢《ず》で……！」

三人で暮らす瀟洒《しょうしゃ》な広い家のキッチンで、稜久は菜箸《さいばし》でオメガフィウムの花をつまみ上げ、卓《たく》上鍋《じょうなべ》に張られた湯の中に沈《しず》めた。

皆が見つめる中でその花をしゃぶしゃぶしていくと、色が白っぽくなって、しんなりする。

どれだけ美味《おい》しいだろうか。

ポン酢につけて、口に運ぶ。

イカのような、薄く切った蒟蒻《こんにゃく》のような歯触りだ。一瞬だけ、オメガフィウムの香りが広がる。

だが、味はほとんどなく、ポン酢の味しかわからない。

「ん？　ん？　ん？」

不思議に思って首をひねると、それを見ていた龍之助と虎之助が同じようにしゃぶしゃぶして、口に運んだ。

「あれ？」

「古代ローマでは、これが大人気だったんですよね？」

「食べられすぎて、絶滅《ぜつめつ》するほど」

「味覚が違うか、料理法が違うんでしょうかね？」

稜久は首をひねった。油で揚《あ》げたほうが、美味しいのだろうか。

今後、料理法を探究《たんきゅう》していくのも楽しいはずだ。二人がいれば人生がとても輝く。

だが、不意に恐ろしいことを虎之助が言い出した。

「この実から抽出した成分で、勃起不全になるんだろ？　まさか、花を食べてオレたちが勃起不全になるなんてことは」

「それはない」

稜久は断言した。

花から勃起不全になる成分は出ていないからだ。

だけど、からかうように龍之助が言ってきた。

「後で、確かめてみましょう」

稜久の次の発情期も、もうすぐだ。

これから始まる一週間を思うと、稜久は身体がじわりと熱くなるのを感じた。

あとがき

このたびは『オメガの凹果実《ベリー》は双子《ふたご》のお気《き》に入《い》り』を手に取っていただきまして、本当にありがとうございます！

オメガバで！　陥没ちゃんで！　攻は双子！　という、私の好きなやつてんこ盛りな、タイトル通りのお話になっています。受ちゃんはいばりんぼの、天然お姫様なのも可愛いよね！　ごく自然に、何もかもが乳首を狙ってますが、まぁ触手でも当て馬でも攻でも、あれば乳首を狙うはずなので（あれば？）、そういう世界として受け止めていただければ、と思います。他のところ狙うよりも、そこ狙ってくれたほうが楽しいしね！

そういえば、今回初の攻双子かな？　今まで攻双子を書いてなかったのは驚きですが、とても楽しかったです。ついつい長セリフになっちゃうので、分割できるのが良くもあり……。

という素敵な攻双子と、素敵な受ちゃんを描いてくれた、奈良千春《ならちはる》先生。本当にありがとうございます。モチーフちりばめられてて、素敵。いつも本当に感謝です。

そして、いつもお世話になっている担当さんにも、感謝を。何より読んでくださった皆様に、心からの感謝を捧げます。年に一度の、夏の乳首祭りを楽しんでください！

ありがとうございました。